ことのは文庫

赤でもなく青でもなく

夕焼け檸檬の文化祭

丸井とまと

MICRO MAGAZINE

Neither red nor blue

Contents

赤でもなく青でもなく

夕焼け檸檬の文化祭

◇はじまりの六月

誰にだってほんの少しくらい秘密がある。

悩みがなさそうって言われる私にだって、ひとつやふたつ。

今日もそれを隠して笑って、人の輪に溶け込んで安心していた。本当は誰かに理解してもらいたい。けれど話す勇気なんてなかった。

秘密があるのはみんな一緒。誰にでも全てを話せるわけではない。

人気者でいつも人に囲まれている彼にだって——


「本当にやるの？」

目の前を歩く金髪を見上げながら、躊躇《ため》いがちに聞いてみる。すると振り返った彼は、私の気持ちを察することなく、楽しげに口角を上げる。

「いいじゃん。女子って占い好きだろ」

わかってないなぁと、ため息が漏れそうになる唇を結んだ。

どうして決めつけるのだろう。占い好きな女子が多いとしても、私は占いが好きなわけじゃない。

高校に入学して二ヶ月、私たちが付き合い始めて一ヶ月半が経とうとしている。それなのに、彼は私のことを全く知ろうとしない。落胆と苛立ちが心を侵食していく。

私は占いというものを信じていない。当たり障りないことを言って、多くの人から共感を得ているだけだと思っている。昔ネットで何度か試してみた占いには、愛され人間だと書かれていることが多々あった。

――嘘ばっかり。

電子画面に浮かんだ温度のない言葉を眺めながら、虚しい気持ちが広がった。占いだと私は愛される人らしいけれど、現実は苦いくらい異なっている。

「央介《おうすけ》、私……」

「ほら、俺らの番だよ」

央介が強引に私の腕を引っ張っていく。今更阻止することはできなそうだ。

八王子《はちおうじ》のショッピングモールの一角にある占いの館。胡散くさい雰囲気が漂っているが、私の彼氏――谷口《たにぐち》央介は突然「俺らのことも占ってもらおう」と言い出したのだ。

私たちの前に二組並んでいたので、案外人気があるらしい。

けれど央介も私と同じで興味があるわけではないはずだ。きっと彼にとってはただのおふざけでしかない。ノリでやろうぜって言っているだけだ。

「彩《あや》」

早く座れと促すように名前を呼ばれたので渋々パイプ椅子に座り、ちらりと占い師の顔を見やる。

アラビアンナイト風の黒の民族衣装を身に纏《まと》い、口元を黒のフェイスベールで隠している女性は、色素の薄い大きな目でじっと私のことを見つめていた。

私の態度を不快に思ったのかもしれない。表情を引き締めて、背筋を伸ばす。

五センチ角の白い紙とペンを渡される。

占い師の人の爪は黒のネイルが施《ほどこ》されていて先が細く尖っており、金色の小さな星の模様が描かれていた。人差し指にはめられた指輪も星のモチーフがついている。

「この紙に名前と生年月日を書いてもらっていいかしら」

央介は言われた通りにすらすらと自分のことを書いていく。占いとはいえ、個人情報を初対面の人に残る形で渡すのは少し抵抗があった。

私の戸惑いを察したのか、占い師は目を細めて優しい口調で話しかけてくる。

「その紙は占いに使うだけだから、最後は本人に持って帰ってもらうので安心して」

「はーい。私、こういうの初めてなんですよねー」

顔に出てしまっていた警戒心を隠すように声のトーンを上げて、できるだけ明るく振る舞う。

自分で回収していいのならと安心して遠藤《えんどう》彩と名前を書き、そのすぐ下に生年月日を続ける。書き終えた情報を占い師に手渡すと、二枚の紙をじっくりと舐《な》めるように見ていた占い師は央介に視線を移した。さっそく占いが始まっているようだ。

「アクティブで楽しいことが好きでしょう。ああ、それと飽き性ね。ひとつのことが長く続かないでしょう」

央介は身を乗り出して、当たっていると言って笑った。そして同意を求めるように振り返り、私に切れ長の目を向けてくる。

「すげーな」

「ね、びっくりだねー」

傷んだ金髪に、シャツを第二ボタンまで開けて着崩した制服。耳にも無数のシルバーピアスが付いている派手な央介を見れば、それくらいは連想できるのかもしれない。

実際央介はアクティブで男友達といろんなところに出かけている。それに飽きっぽいという点も思い当たることがいくつもあった。私と出かけても、すぐ「飽きたから帰ろう」と言ってくるのだ。

「人とこまめな連絡を取り合うのも苦手でしょう」

その言葉に頷いてしまいそうになる。

付き合って一週間くらいは毎日連絡をくれたのに、今では三日に一回のペースで、連絡をくれても明日の予定を聞いてくるくらいだった。最初の一週間の濃密なメッセージのやり取りは見る影もない。

占いなんて、相手の言動や表情などから読み取って話しているだけだ。そう思いながらも占い師の言葉は当たっていることばかりで、プロだなぁと感心してしまう。

「次は貴方ね」

占い師の視線が私に向けられて、どきりとした。

「よろしくお願いしまーす」

動揺《どうよう》を隠すように明るい声で占い師に笑みを向ける。

大丈夫。別になにを言われても、こんなもの適当に決まっている。当たり障りのないことしか言われないだろうし、本当のことなんて誰にも視《み》えない。そう自分に言い聞かせた。

「そんなに怯《おび》えないで」

「へ？」

私のどこがこの人には怯えて見えたのだろう。〝いつものように〟口角を上げて、悩み事なんてなさそうな私に見えるように振る舞っているのに。

「貴方は、心がとても暗い場所にあるわね。誰にも言えないことを抱えているでしょう」

「は……？」

目を見開き、思わず声が漏れた。

「あまり思いつめてはダメよ。けれど話す相手はちゃんと選びなさい。……とてもデリケートな問題だから」

ありえない。私は名前と生年月日を教えただけだ。今までこの占い師と会ったことなどないはずなのに。

どうしてこの人に見透かされているのだろう。私の心が暗い場所にあることや、誰にも言えないこと。適当に話しているだけだろうか。

「ああ、それとね。これから半年以内に貴方の運命を変える出来事が起こるわ。その時が来たら、その人の手を取りなさい」

その人が誰なのかはわからない。央介の方を見ると、にやにやしている。きっと私の占い結果が当たっていないと思っているのだろう。

けれど私の方は落ち着かなかった。心臓がバクバクしている。必死に隠していた自分の心の内を見透かされるなんて思いもしなかった。

私の表情から読み取れる要素なんてあったのだろうか。それともただの偶然？

占いが終わって席を立った瞬間、占い師が小さな声で一言発した。

「運命の人ではないわよ」

振り返ると占い師は目をわずかに細めてから、横目で央介を見る。つまりは私の運命の人は央介ではないと言いたいのだろう。

それを言われても私は腹が立たなかった。自分自身もわかっている。

運命の人なんて夢見がちなことを信じていないのもあるけれど、たとえ運命というものがあったとしても、その相手が央介だとは思っていない。

だって彼は――


「彩のことはあんまり当たってねぇな」

笑いながら央介は片手で携帯電話をいじっている。ちらりと見えた画面にはSNSが見えた。きっと占いをしてきたことに関して投稿しているのだろう。

「思い悩むタイプじゃねぇのになぁ」

央介はなにもわかっていない。占い師が言っていた私のことは間違っていると思っている。まあそれもそうかと思いながら笑い返す。

だって彼にはなにも話していない。私の心はボロボロで、悲鳴を上げていることも、居場所や愛に飢えていることも、彼はなにも知らない。

けれど彼が私を好きだと言ってくれて、必要としてくれるのならそれでもよかった。

同じ制服を身に纏っていても、それをどう着こなすか、どんな髪型やメイクをしているかで人の印象は変わっていく。

＊＊＊

周囲から浮かないようにと、私はネイビーのタータンチェックのスカートを短く折っている。第二ボタンまで開けた白いシャツには、スカートと同じ柄のリボンを長めにつけて、その上からは大きめの真っ白なベストを着ていた。そして可愛らしさを出すために長い茶色の髪は緩く巻く。

メイクは濃すぎず薄すぎずをキープして甘めのピンク系で統一。これが央介の好みだ。作り上げた遠藤彩の鎧を身に纏って、私は今日も学校へ行く。

教室に入ると、後ろから誰かが抱きついてきた。ふわりと甘ったるいバニラの匂いがして、すぐに相手がわかった。

「彩～、央介と昨日占い行ったんだって？　うける」

同じクラスでよく一緒に行動する友人のひとりの市瀬爽南《いちせさわな》は、人にくっつくのが好きらしく、こうしてよく抱きついてくる。ふわふわに巻かれたミルクティーベージュの髪が可愛らしくて羨《うらや》ましいけれど、私にはこんなに明るい髪色は似合う気がしない。爽南だからこそ似合うのだ。

おはようと声をかけられて振り返ると、背が高くすらりと伸びた脚が印象的な北村史織《きたむらしおり》がにやにやしながら立っていた。今日は明るめの茶髪をポニーテールにしていて、耳につけられた銀色のリングピアスがゆらゆらと揺れているのが目に留まる。

「央介が投稿してたけど、彩の方はまったく当たってなかったらしいね。なんだっけ、思い詰めている性格だっけ」

真逆じゃんと笑っている史織に軽い口調で、「ひどい！　そんなことないし」と言い返す。彼女たちの中の遠藤彩は悩みごとがなさそうで、よく笑っている女子のはずだ。

入学してからすぐに仲良くなった爽南と史織や、いつも集まる同じクラスの女子八人組は流行に敏感で、髪型もメイクもいつも気合が入っている。

私はそんな彼女たちに溶け込めているのだろうか。おかしくないだろうか。

「ああいうの初めてだったから、楽しかったよー！」

狭い世界で私はいつも笑顔を貼り付けて生きている。笑っていないと嫌われそうで怖くてたまらない。

「てか、央介とラブラブで安心した」

「うちら最初は心配だったんだよね。付き合ったの早かったじゃん？」

「そうそう。でもお互い一目惚れって本当にあるんだねぇ」

爽南と史織の言葉に胸がちくりと痛んだけれど、私は笑顔を崩さない。

私と央介はお互い一目惚れをして付き合ったことになっている。嘘か本当かといえば、嘘だ。

でも央介のことが好きなことには変わりない。そして央介も私を好きでいてくれている。それは私にとってものすごく幸せなことだった。

「いいなぁ。私も早く彼氏ほしい」

「史織は高望みしすぎなんだって。前好きだった人だって、無謀《むぼう》な相手だったじゃん」

「無謀なほど燃えるじゃん！」

中学から仲がいいというふたりの会話をニコニコとしながら聞いて、時折相槌《あいづち》を打つ。正直私には入っていけない会話だけれど、それでもふたりが望んで私と一緒にいてくれるのなら、それでいい。

予鈴が近づくにつれて、どんどん人が集まってくる。いつも決まって一緒にいる八人組が、気づけば全員集まっていた。

「てかさ、石垣《いしがき》くん彼女いないってマジ？」

誰かが石垣渉《わたる》の話題を出すと、声を潜めながらもみんな一気に興味津々になる。

石垣くんは同じクラスの男子で、目鼻立ちがはっきりとしていて綺麗な顔をしている。運動神経もよくて、爽やかで人懐っこい笑顔の彼に惹かれる人が多く、他クラスの女子が休み時間に彼のことをこっそりと見にくるくらい人気なのだ。

「なんか特定の人は作らないとか聞いた気がするけど」

「え、なにそれヤバ。遊び人じゃん。そういう人本当にいるんだ」

みんなの会話に相槌を打ってついていく。そんな自分を客観的に見て、本当に私は中身が空っぽな人間だと痛感する。

話を合わせて笑っていないと、すぐに置いてきぼりを食らって孤立する。退屈そうにしていたら、人が離れていく。

――あの子ってつまらない。

耳の奥にこびりついた言葉が、ヒリヒリとした痛みを胸に残している。

誰にもばれたくない。つまらなくて、なにもない。誰の一番にもなれない。愛されていない私。本当の自分を深く埋めて、隠してしまいたい。

「てか、そろそろテスト返ってくるかなー」

「私なんて数学ほぼ埋められなかったし、絶対赤点なんだけど～」

みんながテストの返却を嘆いているのを聞きながら、なにも言えなかった。私はむしろ返却を心待ちにしている。でもそんなことを言ってしまえば浮くことはわかっていた。

授業はいつも楽しかった。知識をどんどん吸収できて、覚えることが増えていく。けれど普通はそうではないらしい。私の周りは口を揃えて、授業は嫌だという。

知ることが増えるのは嬉しいことではないのだろうか。私は昔から勉強をするのが好きだった。頑張った分だけ結果が点数として出る。

ああ、でもいい点をとっても私にはあまり意味がなかったと思い出し、ため息が漏れそうになった。

授業が終わり、帰りのホームルームの時間。担任の高井戸《たかいど》先生が決めておきたいことがあると言い出した。

「九月末にある文化祭だが」

その一言に教室が騒がしくなり、高井戸先生の声が掻き消されていく。

文化祭ってアレでしょ！　かなり盛り上がるらしいね。めちゃくちゃ楽しみなんだけど。私も中学のとき見に行ったことある！　あれノルマあるってマジ？　と様々な声が周囲から聞こえてきた。

「あー……静かに。話が進まないだろ」

少し褪《あ》せた青のジャージを着た高井戸先生は、無精髭《ぶしょうひげ》が生えた顎を右手で触れながら、気怠《けだる》げに説明を始める。

「文化祭は毎年この時期から少しずつ準備を始める。だから今のうちにリーダーと副リーダーとか、主にまとめ役をする人たちを決めておきたい」

この学校では毎年恒例の秋の文化祭にかなり力を入れているのだ。というのも、平日開催のため生徒の家族の来訪は少ないが、卒業生や地域の人が多く訪れるからだ。それだけではなく、噂を聞いて遠くから足を運ぶ人たちまでいるらしい。

楽しさ重視の文化祭というよりも、ここの学校の文化祭は本気の催しだ。

本格的な味と外観にこだわった屋台や、デザインコンペで審査が通った人だけが参加できるファッションショー。演劇は役者のオーディションをして、さらに厳選された人たちが背景や小物などの舞台のセット、シナリオを作るそうだ。プロのスカウトがきた人もいるという噂もある。

けれど、人に流されてばかりで自発的に動くことが苦手な私には、受付とか販売くらいしかできない気がした。

黒板に書かれていく役割。ここに記載される人たちはかなり忙しくなりそうだ。
・クラス全体のリーダー
・副リーダー
・資材リーダー
・外観リーダー
・内装リーダー
自分もどこかしらのグループに所属するのだろうけれど、一番無難なのは外観と内装の班だろうか。そんなことを思っていると、高井戸先生が騒《ざわ》つく教室の空気を変えるように手を叩いた。

「俺の方でもうリーダーは決めている。どうしても事情があって無理な人だけ、あとで相談してくれ」

黒板に白いチョークで書かれていく人の名前に目を見開いた。驚きのあまり声にならず、夢ではないかと疑ってしまう。

――クラス全体のリーダー〈遠藤彩〉

ありえない。どういう理由で自分が選ばれたのか考えもつかない。適当にあみだくじか何かで決めたのではないだろうか。

私の心の内なんて無視するように、高井戸先生がさらさらと黒板に名前を書いていく。書かれた人たちは各々《おのおの》に反応を示していたけれど、その場で抗議をする人は誰ひとりいなかった。クラスメイトたちから向けられる視線が痛い。自分でもわかっている。私みたいなやつにリーダーが務まるとは到底思えない。

「まー、ここに書かれたやつらは、そんな重く考えすぎず頑張ってくれ」

リーダーだけ書き終えると、高井戸先生は班ごとの定員数を書いて、希望する班を教えてくれと言った。他の人たちは自由に選べるらしい。

「彩、どんまーい。クラスリーダーとかウケるんだけど」

「えー、代わってよ。爽南～」

私の頼みに爽南が笑いながら「やだ」と断ってくる。笑って返していても、私は内心かなり焦っていた。リーダーという役割に対してだけではなく、一緒にまとめていかなければならない副リーダーの名前を再び確認して、ため息が漏れそうになる。

副リーダー〈石垣渉〉

ちらりと石垣くんの席を見やると、早速女子たちに囲まれている。私がいつもいる派手目なメンバーとは違い、落ちついた髪色で清楚な雰囲気を纏った優等生な女子のグループで、明らかに石垣くん狙いのようだった。

「石垣くんってどこのグループにも属さないってことー？」

「そうみたい。残念」

狙っているのか天然なのかはわからないけれど、石垣くんの少し悲しげな笑みに女子たちが釘付けになっている。けれど、彼の笑顔はどことなく胡散くささを感じるのだ。

伏せられた目が、しつこく話しかけてくる女子たちに対して面倒くさいといっているように思えてしまうのは、私の偏見だろうか。

「渉～、副リーダーとか大変そうじゃね？」

石垣くんと仲が良い土浦翔《つちうらしょう》がやってくると、女子たちは言葉には出さないものの、いろめき立ったのがわかった。土浦くんも石垣くんと同じように人気が高く、サッカー部に所属している黒髪短髪の爽やか系な男子だ。

「俺、まとめ役とか向いてないんだよな。土浦、代わって。昼飯奢《おご》るから」

「昼飯ってやっす！　絶対無理。どんまい、渉」

ふたりの会話を聞いていた女子たちがクスクスと笑い出す。そんな彼女たちに石垣くんは副リーダー代わってよと軽い口調で頼んでいるけど、断られているみたいだった。

すると、笑っていた石垣くんが不意にこちらを向いた。笑みが薄れ、冷たさを感じる視線が突き刺さる。私は咄嗟《とっさ》に目を逸らして、改めて彼のことが苦手だなと実感する。

石垣くんは人当たりがいいように見えるけれど、なんとなく私たちのグループを見る彼の視線は厳しい気がして、話しかけにくい。

あの人と私がまとめ役なんて大丈夫だろうか。

ホームルームが終わり、慌てて教室を出て行く。青ジャージ姿の男の人を見つけて、後ろから声をかけた。

振り返った高井戸先生は私が呼び止めた理由を察したらしく、開口一番に「不満か？」と聞いてきた。

「なんで私がリーダーなんですか」

「リーダーに向いていない理由がなかったから」

「は……？」

意味がわからず、眉根を寄せた。

普通は逆じゃないだろうか。リーダーに向いている理由があるから選ばれる。向いていない理由がないから選ばれるなんて複雑な気持ちだ。

私でなくてはいけないわけではない。そう考えて、またかと苦笑した。きっと私だから選んだと言われたかったんだ。

必要としてもらいたい。そんな気持ちがずっと消えないで心の中に残り続けている。

「大丈夫だ」

「……せんせー、それなにを根拠に言ってるんですか」

「それと石垣も一緒だからなんとかなるだろ」

むしろそのことの方が心配だ。石垣くんとは一度も会話をしたことがない。それなのに好かれていないように思えるのだ。あの人とふたりでクラスをまとめていかなければならないなんて、先が思いやられる。

「似てるじゃん、お前ら」

「えー……まったく似てないし」

似ている要素なんてない。私は必死に遠藤彩の鎧をきて、友達の輪の中に入れているけれど、石垣くんは周りが惹きつけられて集まってくるタイプだ。私みたいなのとは違う。だから余計に苦手なのだ。

自然と人を惹きつける要素を持っている人間に、私だってなりたいけれどなれないのだとわかっているから、距離を置きたくなる。

羨ましくて惨《みじ》めで、どうして私はこんな人間なんだろうと思ってしまう。

マイナスな方へ思考が進み始めて、それを切り替えるように高井戸先生を見上げる。

「頼んだぞ」

それだけ言って高井戸先生は職員室へと戻ってしまった。結局私はリーダーのままで、選ばれた理由も拍子抜けするようなもの。

入学したときに、一年間でどんなイベントがあるかをまとめた先輩たちの代の動画を観せられたので、なんとなく文化祭の雰囲気はわかっている。けれど、自分がまとめ役だなんて、未来の明確なビジョンが浮かばない。

相談するべき相手の副リーダーとは一度も会話をしたことがないし、苦手な人。この先どうしようと頭を悩ませながら、少し校内をふらふらして教室へ戻る。

ホームルームが長引いたからか、みんなもう帰ってしまっているみたいで廊下は静かだ。私のクラスの方へ近づいていくと、誰かの話し声が聞こえてきた。

ひとりの声しか聞こえてこないので、もしかしたら電話をしているのかもしれない。

少し気まずいけれど、カバンをとってすぐに出れば大丈夫だろう。そう思って、教室へと一歩足を踏み出す。

「だから、俺を振ったのは賢人《けんと》の方だろ！」

目を見開いて足を止める。ゆっくりと双眸《そうぼう》がこちらへと向けられて息を呑《の》んだ。声の主も同じように目を見開いて、私のことを呆然と見つめている。

私は慌てて自分の席からカバンをとり、教室を出た。

立ち聞きをしてしまって彼は怒っているだろうか。

転びそうになりながら廊下を駆け抜けていく。心臓がバクバクとして上手《うま》く呼吸ができず、階段を下りる途中でしゃがみこむ。

息を整えながら、胸元をぎゅっと握りしめる。

石垣渉が声を荒らげているのを聞くのは初めてだった。どうやら別れた相手と電話をしていたようで、かなりタイミングが悪かったみたいだ。それに名前が気になった。

〝俺を振ったのは賢人〟それは、その意味はもしかして相手は——そこまで考えて頭を横に振った。

ひょっとしたら私は彼の秘密を知ってしまったのかもしれない。

＊＊＊

私の勝手な石垣渉のイメージは、人に好かれるタイプの人間。顔が整っていて女子の目を引くというのもあるだろうけど、人の内側に入り込むような懐っこい笑顔と柔らかな話し方に惹かれる人が多いと思う。

昨日の放課後の件がなければ、彼に対して思うのはそれだけだった。

「モデルのＭＩＯちゃんが使ってたマットリップが可愛いよね〜」

「落ちにくいのもいいよね」

朝登校すると自然と集まるようになった女子八人組で、化粧品メーカーのホームページを見ながら、気になる色をタップする。

「レッド系もいいけど、オレンジ系もいいねー」

「彩はオレンジ系合いそう！」

私たちの中ではよくある会話。可愛いモデルの話や、新作のメイクの話に興味津々で、流行に取り残されないように毎日チェックを欠かさない。

ああ、まただ。と目を伏せた。こういうときどんな反応をするべきなのだろう。

少し離れた距離から視線を感じる。それだけが私のいつもとは違っていることだった。

視線の相手は石垣渉。なにか言いたげに私のことを見つめていて、熱い視線と言っても良い意味ではない。きっと別の理由があるはず。

でも私からわざわざ言うべきではないと思ったので、気付かないフリをした。

「てかさ、彩……央介とうまくいってる？」

「え、うん。まあ、特に喧嘩《けんか》もなく順調だよー」

「そっか。それならいいんだけど」

爽南たちが私の顔色をうかがうように話してくるので、どうしたんだろうと首をかしげる。特に央介とのことで思い当たることはない。

「なにかあったの？」

私の質問に爽南の表情が曇る。他のみんなも、央介に関することでなにか言いたいことがある様子だったので、良い予感はしなかった。

「彩、央介と同じクラスの真壁《まかべ》さんってわかる？」

「確か……ピンクのカーディガン着てる子だよね」

私の記憶が正しければ、大きめのピンクのカーディガンを着ていて、キャラメルブラウンのふわふわの長い髪をゆるく巻いている可愛らしい見た目の女子のはずだ。

「その真壁さんと央介が昨日ふたりでファミレスにいて、ちょっと……距離が近くて」

史織から告げられた話は、浮気確定というわけではない。けれど、なんとなく良い方向に進んでいないことがわかってしまった。

きっとみんなから見て、ふたりは親密な雰囲気だったのだろう。

「そっかぁ」

「彩がいるのに央介なに考えてんだろ」

「まあ、ただ仲良いだけかもしれないし、大丈夫だよ〜。心配してくれてありがとー」

怒りを見せる爽南をなだめながら、安心させるように笑いかける。

私が無理して笑っているように見えて痛々しく思ったのか、みんななにかあったら話してねと言ってくれた。

でも本当に私は大丈夫だ。ショックじゃないといえば嘘になるけれど、央介の心が離れていくのはわかっていた。

ずっと私は央介の一番でいられるわけじゃない。人の心は移り変わっていくし、それを引き留めるほどの力を私は持っていないのだ。

「てか、今日みんなでカラオケ行こうよ！」

「いいね！　行こ行こ！」

きっと重くなった空気を変えるために、史織が提案してくれたようだけれど、今日は央介と一緒に帰る予定だった。

「ごめん、今日は央介と予定があるんだ」

「じゃ、また彩は今度行こう〜」

本当はみんなとカラオケに行きたい。だけど央介との約束を断るわけにもいかない。

「なんだ、ラブラブじゃーん！」

「彼氏持ち、うらやま！」

私と央介が一緒に帰ることで、みんなの不安が薄れたようだった。

今日はお昼を一緒に食べる約束をしているので、そのときの央介の反応できっとだいたいのことがわかる。素っ気なかったらもう心は離れている。そんなことを冷静に考えて、虚しくなって下唇を噛み締めた。

＊＊＊

央介と一緒にお昼を食べるときは決まって中庭だった。一帯に芝生が広がり、所々に大きな桜の木が植えられている。そして中心にはレンガ積みの花壇があり、今は青や紫の紫陽花が咲き始めている。

私たちは校舎に面した場所にあるベンチに座り、紫陽花を眺めるようにして昼食をとっていた。六月に入り、梅雨入りが目前なので、そろそろ場所を変えないといけないかもしれない。ここは人が少なくて、静かに過ごせる穴場スポットだったので少し残念だ。

「それでねー、文化祭のこと色々決めるって高井戸先生が言ってて」

「へー」

あんぱんを頬張りながら、央介に文化祭についての話をしてみたけど、かなり対応が薄い。これは話を切り上げたほうがいいかもしれない。興味がない話題のときの央介はいつもわかりやすいくらい退屈そうだ。

放課後はどこに行こうかと聞くと、央介は気まずそうに口元を引きつらせた。

「今日さぁ、中川《なかがわ》と中川の彼女と、真壁と遊ぶから無理になった」

「え、あ……そうなんだー！　わかった！」

中川くんと彼女と、真壁さんと央介ってまるでダブルデートみたいじゃんと言いたくなる気持ちをぐっと抑える。同じクラスの彼らには、私の踏み込めない部分があるように思えるし、嫌な顔をしたり、拗《す》ねたりしたらきっと面倒なことになる。だからいつもどおりの笑顔で受け入れた。

爽南たちとカラオケ行こうかな。でも央介との約束がなくなったと知られたらまた心配かけるかもしれない。そんなことを考えていると、央介の手が私の緩く巻かれた茶色の髪に伸びる。

「つーかさ、たまには結ばねぇの？」

ほんの一瞬、毛先を引っ張られてから雑に放られる。その動作に胸がずきりと痛んだ。

付き合いたての頃は壊れ物に触れるように優しかったはずの手が、今では変わっている。

「真壁は昨日、髪巻いてふたつに結んでてマジ可愛かった」

「そうなんだ〜、私も今度やってみようかなぁ」

真壁さんの容姿を思い出して、央介が気に入るのも納得してしまう。

付き合ったとき、央介に髪色を茶色くして巻いてほしいと言われて、私は今の髪になったのだ。真壁さんはまさに央介の理想通りの髪色と髪型で、話したことはないけれど明るい感じの可愛らしい子だった。

「……彩ってマジで悩みなさそうだよな」

「えー、なんでよー。私だって悩むことくらいあるよ〜」

急に央介の表情が曇り、眉根を寄せている。私のなにかが央介の機嫌を損ねたらしい。

わざとらしくため息を吐いてから、苦笑した央介の眼差しは冷たかった。

「ねーだろ、お前馬鹿だし」

そっかと納得してしまう。央介にとって、私は〝馬鹿〟な存在なんだ。あきらかに見下している態度で、私に対して呆れている。

「いいよな、悩みないやつって」

央介は傷んだ金色の髪をガシガシと掻いてから立ち上がった。彼は私になにを求めていたのだろう。そして私はなにを間違えてしまったんだろう。

わからないまま、視線を合わせていると「先に教室戻る」と央介が言ったので、「またね」と返した。すると央介は振り返って心底嫌そうに表情を歪めた。

「お前といると、すっげー苛々する」

背を向けて離れていく央介の後ろ姿を眺めながら、ひとり取り残された私は空になったあんぱんの袋を握りしめる。

彼はもう私のことなんていらなくなったんだろうな。

「……なんだあれ」

後ろから声が聞こえてきて振り向く。ベンチのすぐ後ろにある廊下の窓が開かれていて、そこには見覚えのある人物が立っていた。

きっと私に話があって、ここにきたのだろう。

「聞こえちゃった？　機嫌損ねちゃったみたい」

あははと笑う私の言動が不快だったのか、石垣くんが端整な顔を顰《しか》めた。

石垣くんとこうして話すのは初めてなので、少し緊張する。

人と初めて話すとき、相手にとって触れてはいけないラインがどこにあるのかがわからず、顔色をうかがってしまう。人には誰だって踏み入れられたくない場所があるはずだ。

「あの言い方、頭こないの？」

「んー、まあ仕方ないよ」

私が央介の望み通りの返答と反応ができなかったからだ。でもさっきのはどうするのが正解だったのかわからない。

少し湿気《しっけ》た風が吹き、私の緩く巻かれた茶色の髪を揺らす。入学当初は黒髪だった私の髪は染めたことや毎日巻いているせいで、毛先が少し傷みはじめていた。

石垣くんは私とは逆だ。

入学したときは、目を引くような茶色だったけれど、今では黒髪になっている。でも黒い方が彼には似合っている。儚げで、白い肌によく映える。

「石垣くん、私になにか用事？」

わかっているけれど、あえて聞いてみると、石垣くんが言いづらそうに視線を落とした。

「……いや、あれ言ってないんだな。……聞いてたんだろ。昨日の電話」

やっぱり放課後に立ち聞きしてしまった電話の内容の件だった。朝から感じていた視線もこのことを気にしていたからだろう。

「私が言いふらすか心配だったの？」

「……正直クラスの仲のいい連中に言うと思ってた」

話したことがない私を信用できるはずもないし、不安になるのはもっともだ。誰にも言わないってあの場で伝えておくべきだったかもしれない。

「言わないよ」

だからはっきりと言葉にした。言う気がないと彼に伝わるようにまっすぐ見つめると、視線を上げた石垣くんと目が合った。

「……気持ち悪いって思うだろ」

気持ち悪い。その言葉に胃の辺りがじわりと熱くなる。感情が持っていかれる前に、浅い呼吸をして言葉を吐き出す。

「思わないよ。誰に恋しようと、そんなの自由じゃん」

それは自分に言い聞かせるみたいで、胸が痛くなる。自由だ。どんな恋をしたって、なかったことにしなくていい。誰にも言わなくても、自分だけは大事にすればいい。

石垣くんは納得して去ると思っていた。それなのに心底驚いた様子で、目を丸くして立ち尽くしている。

「俺が……っ」

一瞬だけ躊躇うように口を閉ざし、周囲を見回す。誰もいないことを確認してから、石垣くんは声を潜めるようにして言った。

「……同性と付き合ってたって、わかってる？」

「わかってるよ？　だからそれは自由でしょ」

「そっか……いや、そういう反応されたことなかったから……」

その言葉に誰かに拒絶されたことがあるのだと悟った。だからこそ石垣くんは高校でそのことを隠していて、知られたくないのだろう。

誰を好きになろうと自由だけれど、誰もがそう思うわけではない。中には同性愛を受け入れられない人だっているはずだ。だから私は公言する必要なんてないと思っている。

誰を好きでも、秘めていたっていい。自分らしく生きるというのは、全てをさらけ出すということじゃない。

「誰にも言わないよ。だから、心配しないで」

「……本当に遠藤、だよな」

石垣くんの中の遠藤彩はもっと違う人間のイメージだったらしい。きっと央介が思っているのと同じだ。

悩みごとがなさそうで、頭が悪そう。それに先ほどの言葉から察するに、噂話が好きそうで周りの友達になんでも話してしまいそうに見えていたのだろう。

おそらく周囲から見た私の印象は、ほとんどがそんな感じだ。

そういう私を央介が好きになってくれたはずだった。でも、こんな私だから央介は離れていくのかもしれない。

「私だってねー、これでもいろいろ考えてるんだよ？　それに意外かもしれないけど、勉強だって一応できるんだからねー」

軽い口調で言いながら笑ってみせると、石垣くんは真剣な表情で頷いた。

「うん」

その一言にどんな想いが込められているのかわからなかった。でも馬鹿にしているわけではなく、ちゃんと私の話を聞いてくれているのはわかる。

央介や仲のいい友達ならきっと笑う。だから石垣くんの反応に今度は私が驚かされた。

「ありがとう」

そう言ってあどけない笑みを見せる石垣くんに見入ってしまう。笑った顔はこどもっぽくて、可愛らしい。きっとこういう表情が人を惹きつけるのだ。

「そうだ。文化祭よろしく」

「あ……うん、よろしく」

秘密を知ったからだろうか。石垣くんの私への警戒心がなくなって、距離が一気に近くなった気がする。

私の心の中に閉じ込めている秘密も、いつか誰かに打ち明ける日が来るだろうか。

「教室戻るね」

思い出したくない言葉たちがぽたりと雨粒みたいに降ってきて、それを防ぐようにベンチから立ち上がって思考を遮る。

言いたくない。話したくない。誰にもこんな自分を知られたくない。

私は周りに馬鹿だと言われて笑われても、悩みがなさそうだと思われても、暗い顔なんてしたくなかった。

◆ふたりの秘密

遠藤彩という女子生徒が苦手だった。

彼女と特別なにかがあったわけではないけれど、彼女がいる女子の八人組が、あまり近づきたくないタイプだった。

スカートが短くて、派手な髪色や化粧で着飾っていて、香水の匂いも強い。

聞こえてくる会話もモデルの話や彼氏の話ばかりで、こういう人たちとは話が合わないだろうなと思っていた。

その中でも、遠藤彩という女子は、グループの中だと身なりも派手すぎず化粧もそこまで濃くない。うまい具合に輪の中に溶け込んでいて、誰に対してもニコニコとしている。

クラスの男子は女子の中なら遠藤がいいなんて言っている人もいる。

派手すぎないし、優しくて笑顔で、少し抜けている感じがいいと。

けれど、俺はああいう自分の好感度を上げる見せ方をわかっているタイプの方が、なにを考えているのかわからなくて苦手だった。

当たり障りなく、人に好かれようとヘラヘラしているように見える。たぶんそれは自分とどこか似ている気がするからこその、同族嫌悪なのかもしれない。

だから、文化祭で彼女がリーダーに抜擢《ばってき》されて、俺が副リーダーになったときは、本気で担任を恨んだ。よりにもよって一番関わりたくない女子と、これから秋まで関わっていかなければならないのだ。

クラスで仲の良い土浦や女子たちが「副リーダーって大変そう」とか「どんまい」と言って笑いかけてくる。交代してくれと頼んでもみんな嫌だと返してきた。

誰もこんな面倒臭そうな役割はしたくないんだろう。逃れるのは難しそうだった。

帰りのホームルームが終わり、これからどうすればいいんだと頭を抱える。

リーダーと副リーダーなんて、責任が重い。この学校では文化祭に力を入れているので、真剣に取り組まなそうな遠藤彩がみんなを引っ張っていけるようには思えない。

これは俺が実質リーダーのようなポジションで、頑張らなければいけないのかもしれない。抗議してもあの担任は人選を変える気はないだろう。

そんなことを考えていると、生徒たちが次々と減っていく。今日はホームルームが長引いたから、みんなバイトや部活などに急いで向かっていったみたいだ。

携帯電話が振動して画面を見ると、表示された名前に目を見開いた。よりにもよってこんなタイミングで連絡が来るなんて。教室にはもう誰もいないのを確認して、おそるおそる電話に出る。

『……渉？』

数ヶ月聞いていないだけなのに、懐かしく感じる声だった。

『よかった。出てくれて』

「今更なんだよ」

素っ気なく返すと、電話越しに相手の吐息が漏れた。きっと苦笑しているのだろう。困ったときや言いづらいことがあると、あいつはよく苦笑して誤魔化していた。

そんなところも嫌いじゃなかったし、むしろなかなか自分の意見が言えないところをわかってあげたいと思っていた。でも今では過去の話だ。

『もう話せなくなるんじゃないかって思ってたから』

「原因はそっちが作ったんだろ」

あのときすぐに連絡をくれたら、こうはならなかったかもしれない。でも過去は変えられない。電話の向こうにいるこの人は俺を選ばなかった。

『でも話せなくなるのは嫌だ』

「……自分勝手なこと言うなよ」

自分の口から吐き出された言葉は酷く冷たかった。

情がないといえば嘘になる。けれど、なにもかも水に流してまた笑いあえるのかといったらそれはできない。終わったことだからこそ、再び触れるようなことはしたくなかった。

『渉……そんなに俺のこと嫌い？』

「だから、俺を振ったのは賢人の方だろ！」

自分は悪くないと思っているような賢人の言動に苛立って、つい声を荒らげてしまった。

教室の入り口でキュッと上履きが床に擦れる音がして、咄嗟に視線を向ける。

しまったと思ったときには既に遅かった。

目をまん丸く見開いて立ち尽くしているのは、遠藤彩だった。

このタイミングで、関わりたくない相手に知られたくない秘密を聞かれてしまった。動揺して電話を一方的に切って、なんて誤魔化そうかと考えていると、遠藤彩は自分の席からカバンをとって教室から出ていった。

絶望的だった。絶対に広められる。彼女の仲のいいグループから、明日には好奇の目にさらされ、気味悪がられる。

あのときだって――拒絶された。気持ち悪いと泣かれて、おかしいと言われた。

望みは薄くても誰にも言わないでほしいと頼めばよかった。けれど、遠藤彩の連絡先を知らない。微かに震える手で携帯電話をカバンに押し込み、ため息を漏らす。

言い訳も思いつかない。教室に誰もいなかったからといって、軽率に電話に出るべきじゃなかった。

この先の高校生活を恐れながら学校を出ると、校門あたりで親しげに歩いている男女を見かけた。

「ねー、央介髪はねてる～」

「え、まじで？　どこ」

「ほら、ここ～」

人目を気にすることなく堂々とイチャついている男女に呆れながらも、疑問が頭に浮かぶ。隣のクラスの谷口央介は遠藤彩の彼氏のはずだ。今一緒にいるのは遠藤彩ではなく、真壁という女子で、まるで真壁が彼女のように見える。

嫌なものを見てしまったかもしれない。まだ浮気というわけではないだろう。でもあの雰囲気からして、気があるのは確かだ。

どうして人は浮気なんてするんだろう。遠藤彩に対して、思い入れなんてまったくないけれど、同情してしまう。

文化祭のこと、秘密のこと、谷口央介のこと。いつのまにか遠藤彩に関する悩みごとや厄介ごとが増えて頭が痛い。

＊＊＊

翌日学校へ行くのは気分が重かった。好奇な目や嫌な視線を向けられることを覚悟して、ドアが開放されている教室へと足を踏み入れる。

「石垣くん、おはよー」

「え、あ……おはよう」

すれ違った女子に普通に声をかけられて、拍子抜けした。

たしか遠藤彩と同じグループの人のはずだ。確認すると遠藤彩はすでに登校している。まだ話していないだけだろうか。

しばらく様子をうかがっていたけれど、周囲の態度はいつもと変わらない。

クラスメイトが同性と付き合っていたと、面白おかしく噂を流される覚悟をしていたのでかなり驚いた。


昼休みに廊下を歩いていると、ジャージ姿の担任に呼び止められた。無精髭を生やしていてだらしなく見える担任の高井戸先生は、気だるげにちょっと来てくれと手招きをする。

「今日、各クラスのリーダーと副リーダーで顔合わせをするから放課後出席できるか」

「大丈夫ですけど」

特に予定はないので出席すること自体は問題ない。けれど遠藤彩の方はどうだろうか。

「聞いてもいいっすか」

「ん？」

「どういった理由でリーダーとか決めたんですか」

黒板に書かれた面々を見る限り、意外な人ばかりだった。

いかにもサボって遊びそうに見える遠藤は、全体のリーダーという役割ができるようには見えない。

それに他のグループリーダーも真面目そうな人だけど、周囲とのコミュニケーションが苦手そうな人ばかりが選ばれていた。

「あー、そのことか。みんな気になるんだな、理由とか」

既に同じようなことを聞いてきた人がいるようだった。

「いや、だって、こういうの責任とかあるし」

「責任があるのは嫌か？　楽をしていたら、たぶんなにも変わんないぞ」

「は……？」

適当な先生だと思っていた。面倒くさがりで生徒のことなんてきっと見ていないと決めつけていた。それなのに目の前にいるこの人は、俺の心の内を見透かしたようにじっと見つめている。

「入学したとき、プロフィールを書いただろ」

「……ああ、そういえば」

あのときは賢人とのことがひと月前にあったばかりで、かなり気分が落ち込んでいた。だから目標も夢も特技もなにも書かなかった。

「適当なやつがほとんどだったけど、みんななにかしら書いてたんだよ。でもお前だけは自分の名前を書いたのに、他は白紙で出してた」

「あれは面倒くさくて」

「じゃあ、なんで名前書いて提出したんだ。本当に面倒ならそもそも提出しなければよかっただろ」

ぐっと息を呑む。高井戸先生の言う通りだ。面倒なら提出すらしなければよかったんだ。それなのに白紙のまま、名前だけを書いて提出した。無意識に自分のことを気付いて欲しかったのだと自覚する。

誰にも相談できず、苦しくて、助けを求めていた。

きっとあのときの俺の精一杯のSOSだった。

「副リーダーってサポート的な役割だから大変かもしれないけど、やり甲斐はあるぞ」

「やり甲斐って……不安しかない」

「そう言うなよ。資材リーダーの佐々倉《ささくら》は真面目で融通《ゆうずう》が利かなく見えるけど、言葉にするのが苦手なだけだ。交渉が必要になったらあいつに頼ってみろ」

資材リーダーの佐々倉大貴《だいき》は、メガネをかけていて長身の男子生徒だ。

ほとんど話したことはないけれど、休み時間はいつも自分の席で予習をしているかなり真面目な人だ。

「外観リーダーの沖島《おきしま》は人見知りが激しいけど、絵とパソコンが得意だ。内装リーダーの古松《こまつ》は人と関わるのが下手だが、ものづくりが得意でかなり器用だ。このふたりは多分相性がいい」

黒髪に赤と青のインナーカラーをいれていて、紫のタイツを穿いている沖島藍那《あいな》は奇抜な格好で目立つけれど、気が強くて話し方がきついため孤立している。

古松みずほはおどおどしていて、まともな受け答えができないため、彼女もまた孤立していた。それに古松とは中学が一緒だったが、女子に嫌がらせをされていたと聞いたことがある。

沖島と古松の相性が良さそうには見えない。

「ああ、あと遠藤彩」

ぴくりと体が反応して、咄嗟に顔を上げる。俺としては一番問題の人選だ。

「あのプロフィールの紙をものすごく丁寧に書いて、すべて埋めて提出したのは遠藤だけだった」

「……それだけ？」

「ああ見えて真面目なんだよ。それに自分のこともよく分析ができていた。しかも五月にあった中間テスト、まだ返却していないが遠藤は学年で一桁に入ってる」

あの遠藤彩が？　と口に出してしまいそうになった。あの見た目からは想像がつかない。話し方も語尾を伸ばして、頭が良さそうには見えないし、へらへらと笑っている顔ばかりを思い出す。

「努力家なんだろ。それに仲の良いやつらの中で、誰かが話についていけていないときは上手く話題を振ったり、人の顔色をよく見て行動している。ああいうのって誰にでもできるわけじゃない」

俺は捻《ひね》くれた捉《とら》え方をしていたのかもしれない。そもそもあまり遠藤彩について知らないのに、自己愛が強くクラス内でのヒエラルキーに拘《こだわ》っていそうな人だと決めつけていた。

「たぶんさ、文化祭が終わる頃にはお前は変われているよ」

高井戸先生の手が俺の頭に伸びてきて、軽く頭を撫でた。きっとこの人は、俺たちよりもずっと視野が広くて、先を見ている。

俺がＳＯＳを出していたことも、今の自分も未来のこともなにも考えたくないと、心を閉ざしていたことも気づいている。

「……文化祭くらいで変わるかよ」

「まあ、今はそう思うだろうな。でも秋の本番までに変化はきっとあると思うぞ」

これで話は終わりのようで、高井戸先生は俺に背を向けて去っていく。

考えなくてはいけないことが多い。クラスでどうやって文化祭に取り組んでいくか、リーダーたちの間でも話し合わなくてはいけない。それに俺自身も、遠藤彩ときちんと向き合うべきだ。

苦手だという思いが先行して、話しかけることを躊躇ってしまう。けれど昨日の放課後の件も確認をしたい。

教室に戻ってみると遠藤はいなかった。彼女と仲のいい女子のグループに文化祭の件で捜していると話すと、中庭にいることを教えてくれた。

やっぱり態度がいつもと変わらないので、遠藤は友達に俺のことは話していないそうだった。

廊下から中庭を見ると、ベンチに座っている遠藤の後ろ姿を見つけた。隣にいるのは彼氏の谷口央介だ。

「真壁は昨日、髪巻いてふたつに結んでてマジ可愛かった」

窓が開いているので話し声が聞こえてしまう。あとでにしようかと思ったけれど、聞こえてきた内容に戸惑った。

真壁って昨日谷口が一緒にいた女子だ。よりにもよって彼女にそういう話題を振るのか。

「そうなんだ〜、私も今度やってみようかなぁ」

「……彩ってマジで悩みなさそうだよな」

「えー、なんでよー。私だって悩むことくらいあるよ〜」

明るい声で不快感を一切出さずに返している遠藤彩に驚いた。不機嫌にくらいなっても
いいはずだ。明らかに谷口の言い方には棘《とげ》がある。

「ねーだろ、お前馬鹿だし。いいよな、悩みないやつって」

谷口は傷んだ金色の髪をガシガシと掻いてから立ち上がると、機嫌が悪そうに遠藤を睨
みつけている。

「先に教室戻る」

さすがに怒るだろうと思った。けれど遠藤の声音は変わらない。

「またね」

「お前といると、すっげー苛々する」

谷口は昨日真壁とふたりでいちゃつきながら帰っていたし、彼女である遠藤に対して当
てつけのように真壁のことを褒めていた。

それなのに酷い言葉を言われても、遠藤はまったく怒らなかった。彼女のことがつかめ
ない。

「……なんだあれ」

思わず声が漏れてしまった。

振り向いた遠藤は少し驚いた様子だったけれど、すぐにいつもの調子で笑った。

「聞こえちゃった？　機嫌損ねちゃったみたい」

「あの言い方、頭こないの？」

「んー、まあ仕方ないよ」

遠藤が大人に見えて、谷口が子どもに思えた。おそらく遠藤はいつもこういう調子なのだろう。

谷口はヤキモチすら焼かない遠藤に対して不満を抱いて、ああいったわざとらしい言動で煽《あお》ったのかもしれない。そしてそれも不発に終わり、機嫌を損ねた。かっこ悪い気の引き方に呆れてしまう。

「石垣くん、私になにか用事？」

きっと遠藤は俺が声をかけた理由をわかっている。言葉にしにくいけれど、この機会を逃したらますます話しにくくなりそうだった。

「……いや、あれ言ってないんだな。……聞いてたんだろ。昨日の電話」

口にするのは怖かった。緊張で手に汗を握りながら遠藤を見ると、彼女からは笑顔が消えている。

「私が言いふらすか心配だったの？」

「……正直クラスの仲のいい連中に言うと思ってた」

「言わないよ」

本気で言っているのだと、いつになく真剣な遠藤の様子から察することができた。

言わないと言ってくれることはありがたいけれど、これから文化祭に向けて一緒にやっていくのは正直気まずい。それにきっと――

「……気持ち悪いって思うだろ」

自分で口にした言葉に心が抉《えぐ》られるような思いになりながら、遠藤の返答を待つ。拒絶される覚悟はできている。

「思わないよ。誰に恋しようと、そんなの自由じゃん」

その返答に耳を疑った。もしかしたら理解していないのだろうか。

「俺が……っ」

声を上げてしまいそうになり、咄嗟に口を噤《つぐ》む。中庭にも廊下にも人がいないことを確認してから、改めて言葉にする。

「……同性と付き合ってたって、わかってる？」

遠藤が顔を顰めた。谷口の暴言に嫌な顔ひとつしなかった遠藤もこういう表情をするのかと少し驚いた。それにしても、彼女が嫌そうにした理由がわからない。

「わかってるよ？　だからそれは自由でしょ」

彼女にとって、同性との恋愛は不快なものではないようだった。むしろ確認するように聞いてしまったことが、遠藤に不快感を与えてしまったようだ。

「そっか……いや、そういう反応されたことなかったから……」

どう返事をしたらいいのか戸惑う。遠藤はこういったことへの偏見はないみたいだ。

幼馴染の麻菜《まな》に知られたときは、泣かれて気持ち悪いと拒絶されたので、遠藤の反応は予想外だった。

「誰にも言わないよ。だから、心配しないで」

見た目も、声もいつもと変わらないはずなのに、俺の知っている遠藤彩とは別人のように感じる。

「……本当に遠藤、だよな」

思わず口に出してしまった。けれど、失礼なことを言われたのにもかかわらず、遠藤は小さく笑って返してくる。

「私だってねー、これでもいろいろ考えてるんだよ？　それに意外かもしれないけど、勉強だって一応できるんだからねー」

「うん」

軽い口調で話しているけれど、適当に言っているわけではないのだろう。勉強の件はまだよく知らないけれど、高井戸先生も遠藤はできると言っていた。それに今会話をして感じたのは、彼女はなにも考えていない人じゃない。

悩みがないと谷口に言われていたが、そう見せているだけのように思える。

「ありがとう」

心に重たくのしかかったものが少しだけ軽くなった。気持ち悪がられて拒絶されると思っていたのに、自由だと言ってくれた。その一言は同性と恋愛をしていた俺が初めてもらった肯定だった。

ずっとおかしいのは俺で、知られたら拒絶されるものだと思っていた。けれど遠藤のように否定しないでくれる人もいる。俺は狭い視野で偏った考え方をしすぎていたのかもしれない。

教室へ戻ろうとする遠藤を呼び止めて、放課後のリーダーたちの顔合わせがあることを告げる。遠藤も出席できるようだったので一先ず安心した。

文化祭を成功させるために、俺と遠藤でクラスをまとめていかなければいけない。不安要素が無くなったといえば嘘になる。でも昨日よりも気持ちは軽くなった。

＊＊＊

放課後、パソコン室に一年生から三年生のクラスごとのリーダーと副リーダーが集められた。

文化祭というともっと気楽にやるイメージが強かったが、前に立って話している三年生の言葉にみんな真剣に耳を傾けている。喋っている人は誰もいない。
二、三年生を見ていると気迫が伝わってきて、まだ文化祭未経験の一年生たちは少し圧倒されているように思えた。それほどここの学校の文化祭は力が入っているということなのだろう。
「今から配る紙に書かれているのが、去年の出し物です。飲食店がメインですが、舞台やお化け屋敷なども毎年人気が高いです。ただその分クオリティも求められます」

一枚のA4用紙が配られ、内容を確認すると様々な店舗名が羅列されている。やきそば、たこ焼き、クレープ、チョコバナナなど、先輩の言う通り食べ物がほとんどだ。

「他にも挑戦したいものがあれば、相談してください。なければ、基本的にここに書いてあるものから選んでもらいます」

どれがいいかと一年生たちがざわつきはじめる。一方二、三年生は落ち着いた様子で紙を眺めている。既にやりたいものは決まっているのかもしれない。

「希望の出し物がかぶった場合は、一旦話し合いをしてもらいます」

クラスで話し合ってから第一希望から第三希望までを提出するらしい。ということは明日にでもクラスで話し合ったほうがいい。ホームルームの時間を使わせてもらえるか高井戸先生に聞いてみよう。

「はい、みんな静かに。一年生に雰囲気だけでも掴んでもらいたいため、今から去年の文化祭の動画を流します」

部屋の電気が消され、パソコン室のスクリーンに映像が映し出される。

生徒たちが教室や廊下で作業している風景に、真剣に話し合っている様子。過去の出来事のはずなのに、まるで今目の前で起こっていることのように見入ってしまう。

『あ、カメラカメラ！』

『今、顔出しパネル作ってまーす！』

女子生徒たちが木の板に絵を描いている。先輩たちが作ったオリジナルキャラクターの顔出しパネルらしい。こういうものまで作っているとは思わなくて驚いた。設計や顔の型抜きまで自分たちでやっているそうだ。

梅雨の間は話し合いをし、夏は準備を重ね、秋に本番を迎えていく過程に気づけば釘付けになっていた。

ひとつのドキュメンタリーを見ている気分だ。

生徒たちの作業風景を映していたが、場面が切り替わり、ひとりの女子生徒が映し出される。そこにテロップで『本番前の意気込みは？』と書かれていた。

『まだ実感はわかないけど……でもすごく楽しみ。文化祭がなかったら話さないままだった人たくさんいたし、こんなに必死に頑張るの初めてだったんだよね』

そう言って笑った女子生徒の後に、真面目そうな男子生徒に切り替わる。

『今年で最後だから、全力で頑張ります。え、これって後でみんな観ます？　……わかんないか。じゃあ一応……みんなありがとう。準備期間含めて、楽しかった。ちょ、先生笑わないでください！』

生徒たち一人ひとりが本当に楽しかったのだなということが伝わってくる。映像の中に眩しいくらいの青春が詰まっていて、自分もこの場所にいずれ立つのかと思うと高揚感に包まれる。

迎えた本番の朝、校庭にはずらりと店舗が並び、その中心で黒のTシャツを着たショートカットの女子生徒が、威勢良く声を上げて宣伝をしている。

『いらっしゃいませー！』

店舗ごとにTシャツの色が違っていた。鉄板から立ち上る熱気を纏いながら、やきそばやお好み焼きを売っている店や、可愛らしい内装で女子たちから大人気になっているタピオカドリンクの店。

それぞれの個性が出ていて、たくさんの人で賑わっている。

お客さんや先生たちにインタビューをしている映像や、生徒たちの接客風景。準備期間も見たからか想像していた文化祭よりも、ずっと内容の濃いものに思えた。

完売した店舗が、人手が足りなくなって困っている店舗の手伝いをしに行き、ライバル同士だった店舗が協力し合っている。その店舗も完売すると、泣きじゃくりながらライバルたちとも抱き合っていた。その姿に俺の方まで感動してしまう。

無事に文化祭が終わり、お客さんから投票してもらったランキングが発表されていく。嬉し泣きをする生徒や、悔しがる生徒たち。熱気と興奮に包まれた彼らの文化祭。自分たちもこの中に入ることができるのかと思うと、心が震えた。

全体のリーダーの女子生徒が映り、夕焼けに染まる校舎の前で話し出した。

『私たち三年生はこれで最後の文化祭が終わりました。えーっと……みんなありがとう！三年間、すっごく楽しかった』

パソコン室の中で、誰かが〝宮川《みやがわ》先輩〟とつぶやいた。きっとこの人のことだろう。

『私は、いいリーダーに……いい先輩になれましたか？　来年再来年と、つなげていってください』

映像が切り替わり、しっとりとした曲とともにエンドロールが流れ始める。動画編集のところに高井戸先生の名前が書いてあって目を見張る。すると、部屋の電気がつけられた。眩《まぶ》くて目を細めながら、先ほど感じた感動や興奮に浸る。自分たちが文化祭でなにをするのか、どう文化祭と向き合っていくのかを決めていかなくてはいけない。

いろいろなタイプがいるクラスをまとめていくのは、必ず温度差が出て大変だろう。相性だってあるはずで、衝突する人だっていると思う。

先輩たちから希望の出し物を記載する用紙を渡され、一週間以内に提出するようにと言われた。

遠藤と俺はどうやら家が同じ方向らしく、共にバス通学だった。流れで一緒に帰ることになり、後ろの席に隣同士で座る。今までなら気まずくて話すことなどなにもなかったはずだけど、今日はひとつだけ共通の話題ができた。

「すごかったね」

「うん、すごかった」

ありきたりな言葉しか出てこないけれど、お互い興奮が醒めずにいることが、力の入った返答から伝わってくる。

あの動画を見る前と後では、文化祭への意気込みが変わる。映像の中の先輩たちの姿に純粋に憧れて、自分たちもあんな風に全力で取り組みたいと強く思ってしまう。

「私、がんばりたい」

「俺も今日、本気でそう思った」

たかだか文化祭。それでもがんばった先にある達成感や楽しさを味わいたい。先輩たちの眩しいくらいの笑顔と涙と真剣な姿が、心にしっかり焼き付いている。

「がんばろう」

俺の言葉に遠藤が頷く。そして顔をくしゃっとさせて笑った。

こうして文化祭のクラスリーダーと副リーダーに選ばれなかったら、この笑顔を見ることも話すこともなかっただろう。

決して交わらないと思っていた俺と遠藤の日常が交わりはじめて、妙な感じがする。

それと今日の昼に話してから、また遠藤と話してみたいと思っていた。想像とは違った返答をした遠藤のことが気になって、どんな考え方をしている人なのかをもっと知りたい。

そんなことを考えていると、ポケットに入れていた携帯電話が振動し始めた。取り出してディスプレイに表示された名前を確認すると、思わずため息が漏れる。

「もしかして昨日と同じ人？」

俺の反応で遠藤も気づいてしまったみたいだ。電話に出ることなく、電源を切ってポケットの中に押し込む。

「そう。最近しつこく電話してくるんだよ」

「喧嘩別れしたとか？」

「まあ、そんなとこだけど。でもそんな単純なわけでもない」

遠藤を見ると、踏み込んでいいものかと迷っているような表情だった。

今まで話したことがなくて、むしろ苦手だったはずの遠藤。でも俺にとって初めてこの話ができる相手で、彼女のことを知りたい、自分のことを知ってほしいと自分勝手なことを思ってしまっている。

「……時間ある?」

俺の一言で察したようで、遠藤は頷いてくれた。

バスを途中下車した俺たちは、ふたりで缶ジュースを買って、バス停の近くにある住宅に囲まれた小さな公園に足を踏み入れる。子どもたちの姿はなく、公園は閑散《かんさん》としていた。西に傾いた赤みを含む日差しが、ベンチや塗装が剥がれ落ちた鈍色《にびいろ》の滑り台を照らしている。

公園の中心にある木材でできたアスレチックの一番上に登り、俺たちは横並びに座った。少し湿度のある生暖かい風が緩やかに吹いて、遠藤の前髪が揺れる。誰かとこんな風に放課後を過ごすのは久しぶりだ。

「俺さ」

緊張を押し隠しながら一言目を発する。口の中が乾いて、喉の奥が少し痛い。もう知られているのに、改めて口にするのは勇気がいる。

「異性のことしか好きになったことがなくて、同性を好きになったのって初めてだったんだ」

前に付き合っていた相手――賢人は、最初はただの友達だった。

中学生の頃、学校では周りとの関係は良好だったし、それなりに楽しかった。でも小学校六年生のときに、父の浮気がきっかけで家庭が崩壊したことが、心の中に澱《おり》のように残っていた。家の中は薄暗くて、夜になると毎日のように泣いている母を見る日々は、心を蝕《むしば》んでいく。幼馴染の麻菜にさえも本当のことは話せず、時折精神的に不安定になるくらい孤独に苛《さいな》まれることがあった。

そんなとき、ちょっとした変化に気づいて声をかけてくれたのが賢人だった。賢人は自分の言いたいことを飲み込んでしまうような内に溜《た》めやすい性格だけど、その分優しくて相手の痛みに寄り添ってくれるような人だった。

くだらない些細《ささい》な話でさえ真剣に聞いてくれる賢人なら、引かないで聞いてくれるかもしれない。そう思って、俺は勇気を出して家のことを打ち明けた。

励ますわけでも、綺麗事を並べるわけでも、わかるよと同調するわけでもなく、賢人はただじっと頷いて俺の話を聞いてくれた。そして、話し終えると賢人が初めて口を開いた。

『渉の話、いつでも聞くから。だから辛くなったら言ってほしい』

ほんの少しだけ声が震えていて、慌てて隣に座っている賢人を見ると、眉を寄せて辛そうな顔をしながら、必死に涙を堪《こら》えているようだった。

なんで賢人がそんな顔をするんだよ。自分のことじゃないのに、そこまで重く受け止めることなんてないのに。

だけど賢人がくれた言葉は心に溜まっていた澱を掬《すく》ってくれて、不安が和らいでいく気がした。俺はずっと誰かに自分の抱えた仄暗い感情に寄り添ってほしくて、話を聞いてほしかったのだと、そのとき初めて理解した。

それ以来、賢人と行動を共にすることが多くなり、なにかあれば賢人に話したいと思うようになっていった。

『俺、渉とふたりでいるのが一番楽しい』

賢人から笑顔で告げられた言葉と、俺も同じ気持ちを抱いていた。互いに一緒にいる時間が一番なのだと知り、心の中にじわりと広がる温かくてむず痒いような感情は名前のつけがたいものだった。

気づけば目で追ってしまって、話ができると嬉しくて、傍にいたいと思った。そしてある日、賢人のことを好きだという女子がいることを知り——とられたくないと思った。その瞬間、自分が友達以上の感情を抱いていることに気づいてしまったのだ。

「……気づいたとき怖かった。自分が自分じゃないみたいで……でも一度気づいたら前みたいには戻れなくて……苦しかった」

異性を好きになったことしかなかった俺は戸惑って、自分がおかしくなってしまったと思った。

友達を、しかも同性の人を好きになるなんて変だ。なにかの間違いだ。そう思いたかった。

俺が吐露《とろ》した感情に不快感を示されるんじゃないかと怖くなったけれど、遠藤は相槌を打ちながら真剣に聞いてくれている。

昼休みに言っていたのは本当だったみたいだ。

どうして遠藤は受け入れられるのだろう。俺自身だって自分の感情を受け入れるまで時間がかかった。

同性に恋愛感情を抱くというのはよくあることではないのだと思う。実際俺は自分のような人とは出会ったことがない。それにこのことを知って、幼馴染の麻菜も離れていった。

「遠藤は今もこうして聞いてくれているけど、他の人からしてみたら俺は普通とは違うんだと思う」

異性にも同性にも恋愛感情を抱いたことがあるなんて、俺は変だ。自分のことなのに理解できず、今だって心が半分だけどこかに置き去りにされたままのような気分なのだ。今後どう生きていくべきなのか答えが見つからない。

「人と違うことを……私たちっていつのまにか避けているよね」

遠藤がぽつりと声を漏らす。アスレチックの上から、遠くの空を眺めている横顔は少し苦しげに見えた。

「いつのまにか人に合わせて顔色をうかがって、誰かと同じだと安心して……でもそれもたぶん間違っていないんだよね」

「……そうだな」

むしろそれが賢い生き方なのだろう。上手に生きていくには、環境に適応していくことが必要だ。だから周りに合わせて、個性を薄めていくのが一番生きやすい。目立てば目立つほど、向けられる目は厳しくなり、批評もされやすくなる。

「けどさ、人と違うってイコールおかしいってことではないんじゃないかなーって」

遠藤が振り向いて、少しだけ口角を上げた。

その言葉はすっと心に溶けていくみたいだった。人と違うことがおかしいと決めつけていたのは俺自身だ。自分のことを恥ずかしいと思って、自嘲するようになって心を閉じ込めていた。

本当はずっと誰かに理解されたかったのに。知られることを恐れていた。

「石垣くんはさ、きっとその人だから惹かれたんだよ。男だとか女だとか関係なく、その人が石垣くんにとって魅力的だった。たまたま同性だっただけ」

探していて、見つからなかった答えだった。俺自身ではたどり着けなかった考え。遠藤は言葉を丁寧に選ぶようにして、話してくれた。

「それじゃ、ダメなのかなぁ」

異性が好き、同性が好き。そんなことに振り回されて疲弊して、精神的に不安定になっていた。

俺はただ賢人という人間に惹かれて、それがたまたま同性だった。それでよかったんだ。

「ありがとう」

石垣渉という人間を受け入れてもらえたみたいで嬉しくて、ひどく安心して、鼻の奥がツンと痛んだ。

不思議と遠藤と話していると心が落ち着いていく。秘密を知られても拒絶されなかったからだろうか。

久しぶりにあの頃の出来事を思い返すことができて、懐かしく感じた。まだ俺と賢人が笑いあっていた頃、それなりに悩み事はあったけれど本当に楽しかった。

「最初はさ、うまくいってたんだ」

遠藤は自分の膝の上で頬杖をつきながら、俺のことをじっと見つめてくる。

「拒絶覚悟で想いを伝えて、賢人も賢人なりに考えて答えを出してくれて、付き合うってことになった」

両想いと言っていいのかはわからない。賢人も俺の想いを受け入れてくれて、付き合ってはいた。

中学生だった俺たちは、その先のことに踏み込む勇気はなく、ただ一緒に過ごして時折手を繋ぐくらいのプラトニックな関係だった。

今思うと賢人は本当に俺を好きだったのか、それとも友達として好きでいてくれて、俺の告白に流されただけなのかわからない。

「でも女と浮気してたんだ」

偶然にも街中で見知らぬ女子と手を繋ぎながら歩いているのを目撃してしまい、その後賢人と話し合うことになった。ふたりでよく待ち合わせをしていた河原へ行き、俺は苛立ちをぶつけるように賢人を睨みつけた。

『なんで……よりにもよって浮気なんてするんだよ』

そんなことをする前に別れを切り出された方がよかった。浮気なんてされないと信じて疑わなかった自分が馬鹿らしく思えて、父に浮気された母が泣き崩れていた光景を思い出してしまう。

俺が小学生低学年になった頃から、父は浮気をしていた。母にバレる度に〝もうしない〟と言うのに、数ヶ月後にはまた浮気をする。そんな日々が続き、母は次第に心が病んでいった。顔を合わせれば、喧嘩ばかりで家の中は荒れていく。

そして、先に音を上げたのは父の方で、母と俺を置いて家を出て行った。その後も、母は夜になると父のことを思い出して泣いていて、朝になれば俺に苦しそうな笑顔を向けてくる。そんな日常が俺にとってはずっと苦痛だった。

その記憶が色濃く残っているため、賢人の浮気を知った俺は酷く動揺した。

『ごめん、渉』

たった一言、賢人は絞り出したような声で言うと、頭を下げた。謝罪が聞きたいんじゃない。浮気に至った理由を聞きたいと告げると、顔を上げた賢人は言いづらそうに口を閉じたり開いたりを繰り返す。

『俺ら……付き合ってても……その、堂々と外を歩けないだろ』

同性であることは、俺たちが考えていたよりも付き合いが制限されるものだった。思春期真っ只中の俺たちにとって、周りと異なるというのは、それだけで間違ったことをしているような気持ちになる。そのため隠れてコソコソと会うことしかできなかったのだ。

当時のことを思い返して、ずっしりと重たいため息を吐く。

「女の子と付き合ったほうが、後ろめたさとかがないって賢人は言ったんだ」

その言葉を聞いて、たとえ後味悪い終わらせ方だとしても、このまま別れた方がいいのだと思った。だから俺は、賢人に別れようと告げて関係を終わらせた。

「俺らが手を繋いでいるのをさ、幼馴染に見られたことがあったんだ。たぶんそこから崩れていった」

付き合いが順調だった頃、賢人はよく俺の部屋に来ていて、ふたりで過ごす細《ささ》やかな時間が幸せだった。

他愛のない話をして笑い合って、ふと会話が途切れるとどちらからともなく、自然と手を繋ぐ。まだ緊張も照れもあって目を合わせることができなくて、それでも繋いだ手から伝わる体温が安らぎをくれた。好きだなと実感した時――無遠慮に部屋のドアが開けられて、心臓が飛び出そうなくらい驚愕した。

俺の部屋に突然入ってきたのは、ひとつ年下の幼馴染の麻菜だった。俺と賢人が手を繋いでいることに気づいた麻菜の、嫌悪を露わにした表情が未だに忘れられない。『気持ち悪い』『男同士でなんて間違ってる』『おかしい』と顔を青ざめさせて取り乱した麻菜は泣きながら何度も言ってきた。

『麻菜、待って！　聞いて』

『触らないで！　渉くんがそんな人だとは思わなかった！』

全てを拒絶するように、麻菜は俺を突き飛ばして、部屋から出て行ってしまった。

残された俺と賢人の間には気まずさが流れる。そんな沈黙に耐えきれなくなったのか、賢人は帰るよと言って部屋を出て行こうとした。このままはよくないと思い、咄嗟に俺は引き止めようと腕を掴んだ。

『今はひとりにしてほしい』

そう素っ気なく言われて、手を振り解《ほど》かれてしまった。そして、ひとりぼっちになった部屋で俺は行き場のない苛立ちや悲しさや辛さを吐き出すように、ひたすら溢れでてくる涙を流した。

『そんな人』ってなんだよ。俺は別に自分が望んで男を好きになったわけでもない。麻菜に迷惑をかけたわけでもない。それなのに『気持ち悪い』って言われる存在なのかよ。そう遠藤に吐露して、はっと我に返る。

自分の中の醜い感情が形になって溢れ出てきてしまっているように思えて、堰《せ》きとめるように爪が食い込むまで手を握りしめた。

「それから人と違うってことが俺は怖くなって、遠藤に知られたときも焦ったんだ」

同級生にバレたら、高校にはもう行けなくなるかもしれない、とまで思ったほどだ。けれど遠藤に自由だと言われたとき、嬉しかった。普通とは違う自分の心を受け入れてもらえた気がしたんだ。

「人と違うことが怖い気持ち、私もわかるよ」

足を抱えるようにして座りながら、遠藤が視線を落とす。表情が陰り、声のトーンが少しだけ低くなった。

「ありのままの私じゃ受け入れてもらえない気がして、不安で、相手の理想になろうとしてる。……馬鹿みたいでしょ」

普段の遠藤からは想像がつかない姿で一瞬目を疑った。けれど何度見ても、隣にいるのはあの遠藤彩で、俺が彼女のそんな一面を知らなかっただけなのだと実感する。

そして同時に思うのは、彼氏である谷口央介はこの遠藤彩を知っているのだろうか。もしかすると谷口も知らないのかもしれない、ということだ。

遠藤が心に抱えている陰のある部分。それは誰も触れたことがない領域で、話をしたことがなかった、ただのクラスメイトの俺がそこに踏み込み始めているのだとしたら。そう考えると不思議な感覚だった。

「谷口の理想ってこと？」

「……この外見は、そうだねー。央介は派手な髪色で巻いているのが好きなんだって」

いつもの口調で笑顔を見せたものの、ぽつりと消えそうな声で「でももう……私じゃダメなのかも」と呟いた。

遠藤は知っているのだ。谷口の心が誰に傾き始めているのか。気づいた上で、もがくこともせず、水中でただ溺《おぼ》れていくのを待っているように見える。

「無理して相手に合わせる必要ってあんの？　遠藤が苦しいだけなんじゃない？」

「仕方ないよ」

あまりにも不憫で痛々しい笑顔だった。

人の心が移り変わっていくのは、防ぎようのないことで、咎《とが》めることはできないのかもしれない。それでも谷口はわざと、彼女である遠藤の目の前で別の女子のことを褒めていて、遠藤は少しくらいそれについて怒ったっていいはずだ。

「だってこうでもしないと、私なんて誰も好きになってくれないよ」

きっと遠藤は自分に自信がない。だから相手の理想に合わせるんだ。彼女もどこか歪《いびつ》で複雑なものを抱えているのかもしれない。

「あのさ、恋愛は自由だって言っていた遠藤に言うことじゃないかもしれないけど……なんで谷口と付き合ってんの？」

聞こえてしまった会話からは遠藤は谷口から大事にされているようには思えなかった。それに谷口は彼女のいないところで別の女子と親密になっていて、どう見ても付き合う寸前の雰囲気だった。

「私を好きになってくれたから、かな」

「……誰でもいいってこと？」

「それとは違うよ。こんな私のことでも見つけてくれて、好きだって思ってもらえたことが嬉しかったの」

嬉しかったという言葉とは裏腹に表情は寂しげで、本人もわかっているはずだ。谷口はこのままだったら浮気する。それなのにそれすらも受け入れているみたいに見えた。

「遠藤、もっと自分を大事にしたほうがいい」

谷口とこのまま付き合っていても、遠藤が幸せでいられるようには思えない。よくない方向へ進んでいることを理解しながらも、自ら抜けださずにいる遠藤は、谷口に依存しているのだろうか。

「大事にしたら、どうなるの？　誰かに必要としてもらえる？」

棘を含んだような鋭い声音に全身が粟立つ。いつものどこか緩くて柔らかな雰囲気はなく、呼吸を躊躇うほど冷たい笑みだった。俺は遠藤の触れてはいけない部分に触れてしまったのかもしれない。

「……え、」

言葉に詰まり、なにも答えられない。

なにを言っても、陳腐《ちんぷ》なことになってしまいそうで、自分の愚かさを痛感する。谷口がどんな人間なのか、遠藤はわかって付き合っている。それを知った時点で、あんな発言をするべきではなかった。

俺だって恋愛事情があるように、遠藤にだって遠藤の事情がある。

焦りで手に汗がにじむ。自分の失言を悔やんでいると、彼女の表情が穏やかな笑みに変わった。

「なんちゃって。びっくりした？」

まだ緊張で心臓がドキドキしている。初めて遠藤のことが怖いと思った。きっと俺の言葉が彼女を怒らせたのだろう。

「ごめん、余計なこと言った」

先ほどの言葉が耳に残り、思い返す。

遠藤は誰かに必要とされたいんだ。それがたとえ他の女に気移りした谷口だとしても。

「石垣くん、あのね。私も……」

遠藤の言葉を遮るように午後五時を報せるチャイムが鳴り響く。やっぱりなんでもないと言って彼女は話すのをやめてしまった。

躊躇いつつ表情を強張らせながら、遠藤は俺になにかを話そうとしていた。もしかしたら大事なことだったのでは？　と思ったけれど、遠藤はもう話す気は無さそうだった。

俺の話を聞いてくれたことにお礼を言って、暗くなる前に帰ることにした。夕焼けに染まる公園には他に人の姿はなく、俺と遠藤だけのふたりきりの空間。

まるで——

「私たちだけしかいない世界みたい」

ぽつりと遠藤がこぼした言葉は俺自身が思ったことと同じだったので、驚いて視線を向けた。遠藤は我に返った様子で恥ずかしそうに顔を逸らして、俺の先を進んで行く。

「俺も、思った」

他愛のない会話だ。俺たちしかいない世界なんてありえない話で、馬鹿みたいな幻想だ。それなのに同じことを思っていたというだけで、特別なことのように思えてしまう。

立ち止まって振り返った遠藤は目を丸くして俺を見つめた後、夕焼け色に染まった顔で微笑んだ。文化祭のことは不安だったけれど、彼女とならうまくやっていけるのではないかと思い始めていた。

◇クラスの変化

公園から家までの帰り道を歩きながら、ため息を漏らす。

石垣くんに話してしまいそうだった。私が心に溜め込んでいた気持ちを。

それでも石垣くんになら話してもよかったのかもしれないと思えた。彼なら拒絶することも馬鹿にすることもないだろう。きっと五時を知らせる音楽が流れなかったら、あのことを打ち明けていた。

けれどやっぱり心の奥にある気持ちを知られるのは怖い。話して楽になりたかったのと同じくらい、話さなくてホッとしている自分もいる。

自分を知られることが一番怖いんだ。

街灯が立ち並ぶ一本道を歩いていくと、深緑の屋根と白い外壁の一軒家が見えてきた。

二階の電気が消えていることに気づき、嫌な予感がして足を止める。アーリーアメリカン様式を連想させる可愛らしい外観の家の中では、ひょっとしたら耳を塞《ふさ》ぎたいくらいの喧嘩が繰り広げられているかもしれない。

恐る恐る家に入ると玄関には、揃えられたお母さんの靴と脱ぎ捨てられた弟の幸弥《ゆきや》の靴。リビングから微かに漏れて聞こえてくる会話に眉をひそめる。なにか揉《も》めているようだ。

「ただいま」

「幸弥！　待ちなさい！」

リビングのドアを開けると、聞こえてきた怒声に肩が震える。ソファと木製のローテーブルのすぐ横で、肩までの長さの黒髪を振り乱したお母さんが幸弥の腕を掴んでいた。何度か口論を繰り返しているのか、敷いているアイボリーのラグがずれてぐしゃぐしゃに乱れている。

やっぱりと予想が的中して、私はその場に立ち尽くす。

お母さんは、必死に縋《すが》るように幸弥を見つめている。それに対して、幸弥は冷ややかな眼差しで見下ろしていた。

「なんでやめるの！　あんなに頑張ってきたじゃない！」

既に泣いた後なのか、お母さんの目元は赤く腫れている。幸弥は心底面倒臭そうに顔を歪めて、空いている手で短髪を乱暴に掻いた。

「あー……もー、うっさいなっ！」

幸弥の精悍《せいかん》な顔立ちはお母さんの意志が強そうなつり上がった目や細く長い鼻とよく似ている。だからこそ、お母さんは自分と似た弟を特に可愛がるのかもしれない。

「どうしちゃったのよ……幸弥」

幼い頃から周りの子達よりも運動神経がいい幸弥のことを、お母さんはいつも誇らしげにしていた。けれど、幸弥としてはお母さんからの愛情は鬱陶《うっとう》しいのだろう。

もう中学三年生だ。幸弥の中でサッカーが全てではなくなってきている。他に興味のあることややりたいことが見えてきて、もう親に言われるがまま従い続ける歳じゃなくなっているのだ。

「幸弥の夢はサッカー選手でしょう！」

違うよ、お母さん。それはお母さんが幸弥に見た夢でしょう。

必死に訴えかけるお母さんの手を自分の腕から引き剥がすと、幸弥は私の前を横切ってリビングから出て行った。

静寂が訪れたリビングは、既に外は暗くなっているというのにカーテンは閉められておらず、ローテーブルにはよれた白い紙が置いてある。そこには〝退部届〟と書かれていた。

お母さんは力なく焦げ茶色の革のソファに沈むように座り、深いため息を吐いた。

「……お母さん」

ようやく私を認識したらしく、虚ろな目で私を見て「ただいまくらい言いなさい」と言ってきた。先程言ったけれど、やっぱり届いていなかったみたいだ。

「ただいま」

笑顔で言ってもお母さんはため息まじりに「おかえり」と返すだけだった。

お母さんは私が勉強を頑張っても褒めてはくれない。スポーツを頑張れば褒めてくれるのかというと、それも違う。

幸弥だからお母さんは褒めるのだ。手のかかる可愛い息子。お母さんの目に映っているのは、いつも私ではなくて弟の幸弥だ。

お母さんは俯《うつむ》いて頭を抱えている。あの退部届と会話からして、幸弥が小学生の頃から続けていたサッカーをやめようとしているらしい。

この家でどうするべきなのか、私の役割はわかっている。リビングを出て階段を上り、左奥の部屋のドアをノックする。名前を呼ぶと、お母さんではなく私だとわかったようで部屋のドアが開いた。

憧れの選手のユニフォームやグッズが壁や棚に飾られた幸弥の部屋は、誰が見てもすぐにサッカー好きなのだとわかる。……あれ、けどなにかが足りない気がした。

「ねーちゃん、おかえり」

ベッドの上に胡座《あぐら》をかくようにして座っている幸弥を見やり、笑顔で「ただいま」と返す。本当はお母さんに一番に愛されている幸弥が妬《ねた》ましい。でも幸弥がその愛情に苦しんでいることも私は知っている。

「大丈夫？」

「ごめん」

落ち込んだ様子で申し訳なさそうに謝る幸弥に笑ってしまう。

普段は強気で喧嘩っ早いのに、私の前では昔から可愛い弟のままだ。一度も乱暴なことを言ってきたことはないし、未だに懐いてくれているようにも思える。

お母さんもお父さんもちゃんと私や幸弥の話を聞いてくれない。お母さんは理想を押し付けて、自分の言う通りに人を動かそうとする。そしてお父さんは怒ることは滅多になくて優しいけれど、基本的に「お母さんの言う通りにしなさい」と言って、ほとんど自分の意見を言わずに私たちの気持ちを知ろうともしない。

「……母さん、ねーちゃんに八つ当たりしなかった？」

「してないよ」

幸弥はお母さんが私に対して素っ気ないことを気にしているらしい。ふたりが喧嘩をして私が八つ当たりされることは昔からよくあった。

幸弥もそれをわかっていて、喧嘩をしないようにと思っているらしいけれど、どうしても意見が食い違ってしまうようだ。

「サッカーやめたいの？」

そう聞きながら幸弥のもとへ歩み寄っていくと、先ほどの違和感の正体に気づいた。部屋から練習の予定表や今まで飾っていたチームメイトとの写真がなくなっている。

「……やめたい」

ぽつりと溢した幸弥の本音をしっかりと聞くために、私は幸弥の隣に座る。

「どうしてそう思ったの？」

「……なんか疲れた。最近クラスの友達といる方が楽しいし、別にサッカー選手になりたいわけじゃないのに母さんは目指せってプレッシャーかけてくるし」

「幸弥が本当にやめたいなら、私はそれでもいいと思うよ」

もっとよく考えて決めるべきだとか説教じみた言葉は、お母さんや周りから散々言われているはずだ。だから私はそこには触れずに、ただ幸弥の味方でいる。頼りない姉だけど、私にできることはそれくらいしか思いつかない。

「なんで母さんって俺にサッカーやらせたがるんだろ」

きっとお母さんは幸弥に才能があることを知って、自分のことのように嬉しかったんだ。そしてそれが次第に欲に変わったのだと思う。

「やりたくないことに明確な理由って必要なのかな。俺はただもうサッカーは続けたくないって思ったから、やめるって言っただけなのに」

「幸弥のやりたいことは自分で決めていいと思うよ。でもお母さんにもお母さんなりの思いがあるから、そこは一方的に拒絶しないであげてね」

幸弥にとって押し付けがましい愛情だとしても、お母さんにとっては精一杯の愛情で尽くしてきたのだ。寂しいけれど私はそれをずっと間近で見てきた。

「……うん」

少し不貞腐《ふてくさ》れた様子だったけれど、幸弥の気持ちはだいぶ落ち着いたようだ。ほっと胸をなでおろして、幸弥の部屋を出てリビングへと戻る。

「彩」

ソファに座っていたお母さんが立ち上がり、私のもとへ歩み寄ってきた。

「幸弥は？　まだ怒ってた？」

「大丈夫、少し話したら落ち着いたよ」

「……そう、よかった」

お母さんと幸弥の間でなにかあるたびに、私はこうしてどちらの機嫌もとって、喧嘩が悪化しないようにと話を聞いている。私はいつまで〝幸弥の姉〟としていなければいけないのだろう。

お母さんに〝彩〟として見てほしい。私の話だって聞いてほしい。

「もう、どうして幸弥はあんなこと言いだしたのかしら。彩、なにか聞いていないの？」

「……詳しいことはなにも聞いてないよ」

「ちゃんと幸弥の話も聞いてあげて。彩はお姉ちゃんなんだから」

じゃあ私の話は、誰が聞いてくれるの？

喉元に出かかった言葉を飲み込んで、微笑みを返す。そうだよね、幸弥ともっと話をしてみるね。そんなことを言いながら、心がチクチクと痛むのを感じていた。

だけどお母さんは私のことが嫌いなわけではないはずだ。ただお母さんにとって一番が幸弥なだけ。

「あのね、お母さん。文化祭でクラスリーダーをやることになったから、これから少しだけ帰り遅くなることがあるかも」

お母さんは私の方を見ることもなく、たった一言「そう」と返事をした。それ以上はなにも言ってこない。お母さんの中で私のことはその程度の興味なのかと、痛感してしまう。

嫌われてはいなくても、興味は持ってもらえない。

昔からなにかあるたびに〝お姉ちゃんなんだから我慢しなさい〟〝お姉ちゃんなんだからしっかりしなさい〟と言われてきた。

ねえ、お母さん。その我慢はいつまで続くの。

自分の部屋に行き、ベッドに寝転がって両手で顔を覆う。

――もう疲れた。

一方的にはね除けてしっかりお母さんと話をしない幸弥。自分の夢を押し付けて思い通りにしようとしているお母さん。日頃から仕事で帰りが遅いことが多いお父さんは、たまに早く帰ってくることがあってもお母さんに流されるがままだ。

それに勝手に決められた文化祭のクラスリーダー。最近素っ気ない彼氏の央介。

全部忘れてしまいたいくらい心が疲れきっていて、ため息が漏れる。

携帯電話を取り出し、何気なくSNSを開いてみると央介の投稿が目に留まった。楽しそうにクラスの人たちと写真に写っている。真壁さんの肩に腕を回していて、ふたりの仲の良さが伝わってくる。

ぼんやりと眺めながら、苦笑いを浮かべてしまう。

虚しくて、寂しいけれど、仕方がないと諦めきった自分がいる。央介が真壁さんのことを気に入っているのはわかっている。心も私から真壁さんへと移っていっている。

わかっていても、どうすることもできない。離れていく人の心を繋ぎ止める方法なんて、私には思いつかない。

私がもっと可愛ければよかった？　央介の望む返答をできていればよかった？　私はどんな私になれば、必要としてもらえるの？

わからない。思いつかない。今は央介のことも家のことも考えたくない。

――遠藤、もっと自分を大事にしたほうがいい。

公園での石垣くんの言葉を思い出し、自然と唇が動く。

「……大事にしたかったよ」

だけどあの頃、自分の気持ちを隠すことに必死で、自分の気持ちもあの子のことも大事になんてできなかった。

今も鮮明に思い出せる中学三年生の初夏。放課後に昇降口で待っていた私のもとに、後ろでひとつに結んだ黒髪を振り乱しながら駆け寄ってきた友達の梓《あずさ》は、開口一番にこう言った。

『あのね、彩！　私彼氏できた！』

頬を紅潮させて嬉しそうに報告してきた梓に、私は衝撃のあまりなかなか言葉が出てこなかった。友達だからといってなんでも話せるわけではない。それはわかっていたけれど、彼女に好きな人がいることすら私は知らなかった。

それから梓は私との約束よりも、彼氏を優先するようになった。

遊んでいても彼氏に呼び出されたら途中で抜けてしまうし、花火大会に一緒に行こうって約束していたのに、彼氏に誘われたと申し訳なさそうに断られてしまった。

私がもしも男だったら、選んでもらえたのかな。そんなことを考えてしまい、自分の思考に戸惑いを覚えた。

まるで同性の梓に恋でもしているように目で追ってしまい、梓の彼氏に嫉妬してしまう。私の方があの子と近い存在だったのに。私のことをもっと見てほしい。そんな焦げついた感情が私の心を苛んでいった。

その頃の私には、よく会話をする隣の席の男子がいた。誰と誰が付き合っているだとか、いい感じだとか中学のときはその手の話題で持ちきりだったため、私もその男子とのことを周りに邪推《じゃすい》されることが多かった。

クラスの友達に『あの人から告白されたら、彩は付き合う?』と聞かれたとき、私の頭には梓の顔が浮かんだ。もしも付き合うのなら、彼女がいい。そんなことを考えてしまい、自分の中の歪な嫉妬の正体を理解してしまった。

私を好きになってもらいたくて、求めてもらいたくて、梓と手を繋いで帰っているあの人が羨ましかった。

この感情は——ただの友達に抱くものではない。

けれど誰にも言えるはずがなかった。同性が好きだという人は周りにはいない。それに今まで私は異性に恋をしていた。異性にも同性にも恋愛感情を抱く自分の中に、得体の知れないなにかが存在している気がして、不安がせり上がってきて怖くなった。

持て余してしまうこの感情に戸惑った私は梓を避けるようになり、そのことに気づいた梓がある日、泣きそうな顔で聞いてきた。

『彩……ごめん、怒ってる?』

『別に怒ってないよ』

傷つけたいわけじゃないのに、自分の気持ちを隠すことに必死で素っ気なくなってしまう。梓のことが好きだから嫉妬していたなんて打ち明けてしまえば、気持ち悪いと拒絶されてしまうかもしれない。だから私は心の奥にある本当の想いを口にはできなかった。

それから私たちは少しずつ距離ができていった。仲が悪くなったわけではないけれど、放課後にふたりで遊ぶ頻度も次第に減っていき、廊下ですれ違えば話す程度の仲になっていった。そしてそのまま卒業を迎えて、私は梓と連絡をとることはなくなった。

後悔をしていないといえば嘘になる。彼氏の隣で笑っている梓の幸せを願うことができなかった自分が嫌でたまらない。けれど、あの頃の私は感情を押し殺してまで以前と変わらない自分でいられるほど、心に余裕がなかった。

思考を遮るようにきつく目を閉じると、先ほど学校で観た文化祭の映像が脳裏に浮かんだ。あの中にはまぶしいくらいの青春が詰まっていて憧れる。楽しいことが凝縮されたようなあの空間が羨ましい。……私もあんな風になりたい。

今の自分から、違う自分へ変わることはできるのだろうか。

リーダーは気が重いけれど、あの輪の中に入れるのかと思うと気分が高揚して、心に落ちた暗い影が薄れていく。

私にできるのかはまだ自信がない。でもほんの少しの期待と不安が入り混じって、心臓の鼓動が速くなるのを感じた。

翌日、朝のホームルームの時間を使い、文化祭でどの出し物をやりたいかのアンケートをとることになった。私は黒板に飲食店や、お化け屋敷や脱出ゲームなどの室内で遊べる出し物を書いていく。石垣くんが進行役としてみんなに聞くと、クラスで中心的な土浦くんが声を上げる。

「やっぱ飲食店の方が盛り上がるでしょ！」

するとクラスメイトたちは次々に賛同し始める。

念のため多数決をとってみると、大多数が飲食店に手を挙げたため、すんなりと決まった。

「じゃあ、多数決で飲食店ということで」

石垣くんの言葉に私は頷いて、黒板に書いていた飲食店という文字に黄色のチョークで丸をつける。

ここからが問題だった。飲食店といっても種類が豊富にあり、教室をお店として使うカフェや、毎年かなり人気だという鉄板焼きなどの屋台。挙げ出したらキリがない。そうして話し合いが難航し始めた。

「クレープとかよくない？」

「私タピオカがいい。美味しいし」

爽南たちが発言すると、高井戸先生がクレープはレシピが少ないと売れにくいらしく、毎年かなりたくさんのレシピが必要で、それを覚えるのも大変だし、手間もかかると言い出した。

「ちなみに生クリームとかの管理もきちんとしないといけないからな」

みんなの声がぱたりと止まると、高井戸先生が追い討ちをかけるように言葉を続ける。

「大量の生クリームを作るのも筋肉痛になるくらい大変だし、秋といっても日中は暑いからな。去年はクーラーボックスに入れ忘れたから溶けて大変だったらしいぞ」

生クリームを何度も泡立てて、それが暑さでどろどろに溶けていく……想像するだけで胸焼けがしそうだ。

「じゃあ、タピオカでいいじゃん」

「飲みたくなくなるくらいたくさん作るから、タピオカが嫌いになる生徒もいたな」

「え……そうなの？」

放課後にＳＮＳで話題になっている原宿《はらじゅく》のタピオカ店まで飲みに行くくらい、タピオカ好きな爽南と史織たちは、嫌になるくらいならタピオカ屋はやりたくないようだった。

どんどんみんなのやりたいものが減っていき、このままでは希望の屋台が出せない。どうしようかと困っていると、高井戸先生はやきそばやたこ焼きなど一種類しかない屋台の方が、作る側の負担も減るのではないかと提案した。

「たこ焼きって生焼けになりそうでなんか怖いんだけど」

「じゃあ、やきそばの方が簡単じゃない？」

聞こえてきた生徒たちの声に、高井戸先生がにやりと口角を持ち上げたのが見えて、嫌な予感がした。

「じゃあ、やきそばで希望出してみるか」

高井戸先生は最初からやきそばを狙っていたのかもしれない。先ほどまでの会話も誘導だろうか。

私が疑っていることに気づいた様子の石垣くんが、こっそりと耳打ちしてきた。

「本当にこれで大丈夫だと思うか？」

「え？」

「やきそばって、人気ありそうじゃん」

確かに作りやすそうだし、競争率が高い可能性がある。上級生と被ったら譲らないといけないだろうし、だったら最初から避けておいたほうがいいかもしれない。

高井戸先生に変えたほうがいいのではないかと聞くと、自信満々に大丈夫だと返された。

「大丈夫って……なんで？」

「在校生で去年の文化祭を知っている生徒たちなら、避けるんだよ」

どういう意味なのかわからなかった。高井戸先生が楽しそうに笑って、私にだけ聞こえる声で告げた。

「半端な味で出すと、客からクレームが入るからだよ」

それはどの屋台も同じではないかと思ったけれど、高井戸先生の場合、なにか企んでいそうな気がした。リーダーの決め方だって他のクラスとは違っていた。

聞くところによると、他のクラスは話し合った上でリーダーを決めたらしい。

「……ねー、せんせ。なに企んでんの」

じっと高井戸先生を見つめると、口角を上げて悪そうな笑みを浮かべる。

「企んでなんかねぇよ。ただおもしろい方を選んだだけだ」

そのおもしろいには純粋な意味ではなく、裏があるのではないかと疑ってしまう。クラスリーダーの私だけではなく、他の役割のリーダーだって適性に疑問が浮かぶ人たちだ。

真面目で、休み時間はいつも席で予習をしている佐々倉くん。

奇抜な髪色で独特な制服アレンジをしていて、授業以外はヘッドフォン姿の沖島さん。

気が弱そうで、人と目をあまり合わせようとしない古松さん。

この三人はいつも教室にひとりでいて、周りとのコミュニケーションをとらない人たちだ。私もだけど、彼らもまとめ役が向いているようには思えない。

高井戸先生は、文化祭リーダーの三年の先輩に希望を書いた紙を提出するようにと言って、ホームルームを終わりにした。

騒がしくなる教室の中で、第一希望にやきそばと記入した紙を眺める。

なんだか高井戸先生の手のひらの上で転がされている気分だけれど、決まった以上はこれで提出するしかない。

「遠藤、それ出しに行かないの」

「あ、うん。行く！」

石垣くんと共に階段を上っていく。私たち一年生よりもひとつ上の階に三年生の教室がある。初めて行く階なので少し不安で気持ちが落ち着かない。

「なんかさ……難しいよな」

ぽつりと石垣くんが零した言葉に耳を傾ける。

「三十人くらいが同じ熱量になるのって、どうしたらいいんだろうな」

「みんなにやりたいって気持ちになってもらいたいよねー」

どうやら石垣くんも私と同じで、クラス内での温度差を感じたようだった。前に出て、文化祭について話す私たちと比べて、視界に映る表情は退屈そうなものが多かった。

ホームルームを早く終えたい人や、文化祭はできるだけお店をやる側じゃなくて回る側で楽しみたい人。そしてまだピンと来ていない人たち。

まだ学校自体の空気が文化祭に染まっていないから、気持ちが置いてきぼりを食らうのは仕方がない気もする。

「全力で楽しんでほしいけど、楽しむことを押し付けたらダメな気もするんだよねー」

「まあ、俺も文化祭の顔合わせ会議に出てなかったら、今みたいに文化祭に対してやる気はなかったな」

それは私も同じだ。あの会議に出て、動画を見たからこそやる気が出た。このまま熱量が大きく違っているのに一緒に作業をしていたら、亀裂が生まれてしまいそうで怖い。

三年生の教室へ着き、文化祭リーダーの先輩のクラスを覗く。

さっぱりとしたショートカットで日に焼けた小麦色の肌の先輩は、すぐに私たちに気づいて手を振ってくれた。

「もしかして、希望の出し物書いた紙？」

「はい。一年二組です。これお願いします」

やきそばと書いた紙を渡すと、それを見た先輩が不安げな表情で「これでいいの？」と聞いてきた。

私も石垣くんも先輩の真意がわからず、顔を見合わせる。そんな私たちを見て察したのか、先輩はため息を吐いた。

「もしかしてなにも知らないでやきそば希望した？」

「えっと……やきそばってなにかあるんですか？」

なにか曰くつきなのだろうか。ごくりと唾《つば》を飲んで、先輩の言葉をじっと待つ。

「あのね……」

もったいぶるように先輩は、ゆっくりと薄く開いた唇から言葉を落とした。

「すっごく売れるの」

「へ？」

予想外の言葉に、緊張していた身体から力がすっと抜けていく。

売れるのなら、むしろ嬉しい。初めての文化祭で不安だけれど、売れるということが事前に分かっているのならあまり気負わずにできそうだ。

「売れてラッキーって次元じゃないの。大変なんだよ。卒業した先輩たちが麺や味つけに拘ったから、リピーターも多いし、地域の人たちも買いに来るくらいなんだから」

先輩の話によると、この文化祭で売っていたのはただのやきそばではないらしい。味や素材に拘ってレシピまで先輩たちが作ったやきそばは、大人気になったらしく、毎年アンケートではダントツの一位を獲っていたそうだ。

「プレッシャーがあまりにもありすぎて、今の二、三年では手を出そうとするクラスはほとんどないの」

「そ、そんなに……ですか？」

「行列がすごいし、美味しくないと常連の地域の人から厳しいことを言われるし、手を出すのが怖いって気持ちも強いんだ。大失敗したら、今までの先輩たちの歴史に泥を塗っちゃうから」

歴代の先輩たちの叩き出してきた売上数は他の飲食店とは全く違っているそうだ。この学校の文化祭は一日だけしか開催されない。定番のたこ焼きですら、三百食売れたらラッキーだそうだ。それなのに一日でやきそばは五百食以上販売した実績を残したらしい。

「でも嬉しいよ。一年生でやきそばやりたいって言ってくれて」

動画を見たら、先輩たちが文化祭に真剣に取り組んでいる理由がわかる。あの日々には青春が詰まっていた。上の代の先輩たちから受け継いだ文化祭を、みんな大事にしているんだ。

けれど心に引っかかる違和感は、温度差。先ほども石垣くんと話していたけれど、クラスの人たちのほとんどが文化祭に対して、あまり真剣に考えていない。この温度を少しでも上げるためにはどうしたらいいのだろう。

おそらく私たちのクラスが文化祭で成功できるのかは、クラス全員がどのくらいの熱量を持てるかどうかにかかっている気がする。

「実はね、私たちのクラスもやきそばやってみたいって話には少しなってたんだ」

「え、じゃあ……」

「でも私たちが考えているのは、初めてチャレンジするやきそばだからちょっと違うんだ。もしもそれに決まっても、遠藤さんたちのクラスは変えなくて大丈夫だよ」

つまりはこのままやきそばを希望するクラスがなければ、私たちのクラスがこの学校で歴史のあるやきそばの屋台に決定だ。

「まだ全クラス集まっていないから、決定したら連絡するよ」

先輩との話を終えて、私と石垣くんは階段を下りて一年生の教室へと戻っていく。先輩から聞いた話によって、プレッシャーを感じたのは石垣くんも同じみたいだ。

私たちがクラスを引っ張っていかないと。どうやって文化祭の空気に引き込んで、みんなに本気になってもらうのかを考えていかなくてはいけない。


それから一週間後、正式に私たちのクラスがやきそばをやることに決定した。

文化祭には地域の人や卒業生たちも多く訪れるため、昨年と味や店舗の外観などの質が落ちるとクレームが入ることもあるらしい。

だからこそ、きちんとした形でクオリティを下げることなく挑まなくてはいけない。あの動画を見て、内装や外観に力を入れていたのもわかる。

ありもので作った張りぼての屋台ではダメだ。話し合って、考えて、歴代の屋台に恥じない形にしないといけない。

学校自体が文化祭に力をいれているため、今日は六限目を文化祭の話し合いに使っていいと言われた。

私と石垣くんで最初の進行をし、各グループで話し合いをしてもらう。今後はグループでの行動も多くなるはずだ。

だからグループ内で結束を深めてもらいたいのだけれど、早速問題が起こってしまっている。

「てかさー、こういうのって手作りすんの？　買ってきちゃダメなの？」

「バイトもあるし、予定早く決めちゃいたいんだけどさ。古松さん、聞いてる？　リーダーでしょ」

「あ、う……ご、ごめんなさい」

爽南と史織たちは古松さんがリーダーの内装とエプロンなどを作るグループだ。意見を言うのが苦手そうな古松さんは、爽南たちに圧《お》され気味に見える。それに同じグループの他の生徒たちがその光景を見て、うんざりしていた。

「遠藤、フォローに入ったほうがいいかも。俺は沖島と佐々倉のとこ見てくるから」

「……うん、お願い」

石垣くんの提案通り、私は古松さんたちのグループのもとへ行った。どうにかして話をまとめて、進めていかないと他のクラスに後《おく》れをとってしまう。

私たちだけがこの時間を使っているわけではなく、他のクラスも今は文化祭の話し合いをしているらしい。

「ねぇ、彩！　うちらのグループ全然話まとまんないんだけどー」

「えーっと……まずはどういうイメージの屋台にするか決めるのが先かなー」

内装グループは、屋台内で機材などを置くときに使うテーブルにどんな布を敷くか、屋台内にいる店員はどんな服装で統一するかなどを担当する。

鉄板を置くテーブルがむき出しのままだと見た目が悪いので、どの店舗も長い布を敷いて、見栄え良くしているそうだ。

屋台の雰囲気、カラーをまず決めた上で内装と外観を練っていかなければ、ちぐはぐなものになってしまう。去年の動画で見た屋台はどれもわかりやすいカラーを持っていた。

「なんかやきそばってガチャガチャしてるイメージ」

「そーそー、おしゃれな感じじゃないからテンション上がらないし。やっぱタピオカとかクレープのほうが可愛かった」

爽南たちから次々に不満がこぼれ出す。それを聞いていた男子たちが、明らかに顔を歪めたのがわかった。これはかなりまずい空気だ。

「なんかさー、乃木《のぎ》たちも古松さんもまったく意見出してくれなくて、話さないしさー。やりにくいんだけど」

「はあ?」

爽南の言葉に反応を示したのは、内装メンバーの乃木祐輔《ゆうすけ》だった。大柄で丸みのある輪郭の乃木くんは、愛嬌のある細く垂れ下がった目が印象的で、普段は温厚そうに見える。

そんな彼からは想像がつかないような苛立ちを含んだ反応に、私は少し驚いた。爽南と乃木くんはお互いを睨みつけていて、まさに一触即発だ。

「市瀬たちが喋ってばっかりだからだろ。決まったことにうだうだ言ってんじゃねぇよ」

「はあ？　別にうだうだ言ってないし。そっちだって意見出しなよ！」

爽南と乃木くんの間で言い合いが始まり、古松さんが怯えた様子で狼狽《うろた》えている。

きっとこのグループは、爽南が意見を出したら乃木くんが反発して、乃木くんが意見を出したら爽南が反発する。お互いに苛立っていて、話し合いにもならないだろう。

「古松さん」

「あ、あの、ごめんなさい」

古松さんの考えや、どう進めていきたいのかを聞いておきたかった。けれど会話をする間もなく、古松さんは謝って俯いてしまった。

「あのさ、一旦休憩しよっか。五分後、もう一回話し合お！」

この空気を変えたほうがいい。そう思って、休憩を提案した。

一度クールダウンして、今後の進め方を決めていこう。古松さんだって望んでこのグループのリーダーになったわけではない。私と同じで戸惑いも不安もあるはず。

一緒に話し合って少しでも不安が薄れるといいのだけれど、彼女のことをよく知らないから、どんな方法が合うのかわからないので迷いがある。

飲み物を買いに行ってくると言って、爽南たちが出て行く。残ったのは古松さんと乃木くんたち数人の男子。

「遠藤、市瀬たちと仲良いだろ。どうにかしてよ」

「え、どうにかって……」

乃木くんたちに詰め寄られる。彼らの不満が早くも爆発しそうだ。私も出来る範囲で手伝っていきたいけれど、同じグループ内で解決してほしいことだってある。全部私が面倒をみるわけにもいかない。

「俺たちが言ったら、絶対裏で文句言われるだろ」

「裏で文句って……でも言わないとなにも変わらないんじゃ……」

「クラスリーダーなら言ってくれよ。これじゃあ話が進まない！　このグループのリーダーは頼りにならねぇし」

乃木くんが厳しい眼差しで古松さんを見ると、古松さんは大きく肩を揺らして縮こまってしまった。

「ちょ、ちょっと落ち着いてってー！　まだ最初の話し合いなんだしさ、仲良くやっていこうよー。ね？」

「遠藤は気楽だよな」

「え？」

「内装のグループってクラスTシャツとかエプロンとかも担当するんだろ。俺らが責められんの嫌なんだけど」

私が気楽に見えるのはわかっている。悩みがなさそうで、適当言って笑っていそう。わかってるよ。自分でそう見えるようにしてきた。そういう遠藤彩を作り上げてきた。

真面目な遠藤彩なんてつまらないって言われるよりもマシだって思っていたのだ。でも今初めて、そう見られたくないって思って悔しくなる。

「あ、あの、遠藤さん、ごめんなさい。私が頼りないから、遠藤さんに迷惑かけて……」

「違うよ、古松さん」

古松さんが原因じゃない。最終目的は同じはずなのに、それぞれが別の方向を見ていて、目的地への道を探すことなく歩いている。相手の気持ちを知ろうともしない。

「迷惑なんかじゃないよ」

「え、でも……」

これは古松さんのせいでも、乃木くんのせいでも、爽南たちのせいでもない。

目的とゴールを私がみんなに伝えて、モチベーションを上げるために動かなければいけなかった。この亀裂は、私が動かなかった結果だ。

「遠藤、大丈夫？」

立ち尽くしたままだった私を心配してくれたのか、石垣くんが声をかけてきた。今私たちがするべきこと。それを具体的に見つけたいのに、探し出せなくてもどかしい。

「私、うまくみんなに指示ができないや」

言葉がうまく出てこなくて、迷いが生まれて指示ができない。

みんなは友達でクラスメイトで、本来なら上下関係なんてない。それなのに私は上に立って指示をして、人を動かさなければいけない。

怖い。みんなに嫌われるのも、鬱陶しがられるのも。偉そうだと思われるのも。でもしっかりやらないと失敗してしまう。先輩たちが築き上げた歴史に泥を塗る。

「リーダーはさ、常に全体を把握して指示をして、最終決定をする。結構しんどい立場だと思う。でも、必ずしも上に立っていなくちゃいけないってわけじゃないんじゃない？」

「……それだと情けないリーダーになるかもしれないよ」

「いいじゃん。助けてもらおうよ。だって三十人近くいるんだし。一人ひとりの力借りていった方が、すごいものできそうじゃん」

教室を見渡せば、たくさんの生徒がいて、それぞれが文化祭について考えている。気持ちが追いつかなくても目の前にあることに向き合おうとしている。でも見る方向が定まっていないだけだ。それが今回の衝突の原因なのだ。

「石垣くん……どうしたらいいのかな。このままだとみんな別の方向を見てる」

「じゃあ、俺と遠藤が同じ方向を見たきっかけと同じことをやればいいよ」

私と石垣くんが同じ方向を見たきっかけは、リーダー会議で見た動画だ。あれがあったからこそ、やる気が出て文化祭に向けて頑張る決意をした。

「同じこと、できるかな」

「よし、じゃあ聞いてみるか。思い立ったら行動」

「え、でも」

「遠藤がこういう時に躊躇《ちゅうちょ》するなら、俺が引っ張っていくから。だからさ、悩んだっていいよ。その代わり、相談して」

石垣くんに腕を引かれて、教卓の方へと歩いていく。

不思議だった。この間まで話したことがなくて、あまり好かれていないのはわかっていた。でも秘密を知ってしまって、偶然文化祭でクラスをまとめる役割になっただけ。

それなのに心強い。リーダーだからしっかりしないといけないと思っていたけれど、石垣くんの言葉は私の心を軽くしてくれた。

たくさんいるクラスメイトたちの力を借りよう。そして、私なりの言葉で伝えよう。

「高井戸先生」

文化祭の出店一覧の紙を眺めていた高井戸先生が、緩慢な動作でこちらを向いた。

「早速壁にぶち当たってんな」

最初からこうなることがわかっていたかのような発言だった。やっぱり私たちは先生の手のひらの上で転がされているのかもしれない。

「みんなの愚痴ばっか聞いて、話合わせて顔色見てたらなにも変わんないぞ」

うまくやりたい。なるべく事を荒立てたくない。雰囲気を悪くしたくない。でもこのままではバラバラだ。

人の顔色を見てしまう私だからこそ、周囲の変化に気付きやすいかもしれない。私は私の形でリーダーをやればいい。

それなら私は——

「高井戸先生、お願いがあります」

＊＊＊

高井戸先生に話をして、プロジェクターのある部屋を使わせてもらうことになった。

突然のことで状況が飲み込めない様子でそわそわとして落ち着かない人や、面倒くさそうにしている人たち。この人たちが同じ方向を見るようにしなければいけない。

石垣くんのおかげで気負っていたものが少し軽くなったとはいえ、やっぱり緊張する。

それでも前に立って、しっかりとみんなを見据える。

「これから流す動画は去年の文化祭の動画です。みんなに雰囲気を掴んでもらいたいので、少しだけ時間をください」

石垣くんに目配せをして、電気を消してもらう。それを合図に高井戸先生が動画の再生を開始した。

リーダー会議の日、私と石垣くんが見た動画が始まる。

生徒たちの作業風景。真剣に取り組んでいる表情や、厳しい意見を言い合っている会議の様子。動画の中にはそれぞれのドラマがあった。

やきそばの店舗に密着しているシーンがあり、私は食い入るようにその光景を見つめる。

前回はやきそばをやると決まっていなかったため、あまり注意深く見ていなかった。

やきそばの試食会をしている生徒たちは、ストップウォッチを使って、やきそばを作り始めてからプラスチックのパックに盛り付けて、ビニール袋に入れるまでの時間を計っている。パックもいくつか厚みの違うものを並べて、実際に手に持ったときの熱さについてまで話し合いをしていて、先輩たちの本気と熱量が映像越しに伝わってきた。

眩しくて、憧れる世界。でも全部がキラキラとしているわけではなくて、成功させるために必死に努力と時間を積み重ねて地道な作業をしている。達成感と充実感を得ることができるのは、本気で取り組んでいるからだ。

裏側の努力と、本番の熱気。目標を掲げた生徒たちは、自分たちが楽しみながら、お客さんのことも楽しませている。

けれど結末は楽しいことばかりではない。中には悔し泣きをしている生徒だっていた。

この先私たちに待っているのは、この空間なのだ。

それを動画から感じ取って、明確なビジョンを一緒に持ちたい。押し付けたいわけではない。文化祭に対する意気込みは全員が全く同じでなくてもいいと思う。ただどういうものなのかをそれぞれが掴んで、少しでも熱量を近づけたい。

卒業した先輩の言葉が終わり、エンドロールが流れ始める。

パチパチとまばらな拍手が聞こえ始めた。動画を観たからといって、全員が心を動かされたわけではないのはわかっている。でもきっと伝わったものがあるはずだ。

動画が終わり、石垣くんによって部屋の電気がつけられる。

誰も声を出さなかった。ただ真っ白になったスクリーンを見つめたまま、黙っている。

ここからは私が話す時間だ。

「他のクラスのリーダーと比べると、私は頼りないと思う」

情けないくらい声が震えた。だけど必死に足に力を入れて、しっかりと前に立つ。

「人を引っ張るのとか慣れていないし、決断力があるわけでもない。私はみんなの上に立つリーダーにはなれません。ごめんなさい」

深く頭を下げて、言葉を続けて懇願する。

「だから……私に力を貸してください」

こんなことくらいしか思いつかない。私には人を惹きつける力もない。率先して引っ張っていくこともすぐには難しい。

「気づいていないこととか、アドバイスとか私に遠慮なく言ってほしい。一緒に考えて、このクラスでがんばりたい。だから、お願いします。力を貸してください」

でもリーダーの形はひとつじゃない。私ひとりで考えて決めるのではなくて、みんなと相談して知恵を借りて、文化祭を成功させたい。

「俺からもお願いします」

石垣くんの声が聞こえた。視界の端でゆらりと影が落ちたのがわかる。彼も私と同じように頭を下げているようだった。

高井戸先生が私を選んだのは、リーダーに向いていない理由がなかったから。それなら、向いている理由を自分でつくりたい。

すぐに変われるなんて思っていないけれど、少しでも私の言葉がみんなの心に届けばそれでいい。

このクラスで本番を迎えて、楽しかったねと言って笑い合えるようになるために、今から頑張っていきたいのだ。

「あのさ」

女子生徒の声が聞こえてきて、頭を上げる。座っている生徒たちの中で、ひとりだけが立っていた。

「屋台のイメージ、二案くらい作ってみていい？」

告知物やポスター、看板などのデザインを主に担当する外観リーダーの沖島さんだ。彼女がまっすぐに私のことを見つめている。話すのは初めてで、意志の強そうな瞳に気圧《けお》された。

派手な髪色に制服も独特な着こなしをしている沖島さんは、我が道を貫いているようでかっこいいけれど、どこか近寄り難く思っていた。

それに文化祭に乗り気ではなさそうで、先ほどの教室でのグループ会議でも気だるげに見えていたため、沖島さんが今、自ら立ち上がって発言してくれていることに心底驚いた。

「屋台のカラーが見えてからの方が、内装や外観もイメージしやすいし、一旦考えてみてもいいかな。それでみんなに決めてもらいたいんだけど」

「……任せてもいい？」

沖島さんひとりに屋台の大きなイメージを任せてしまうのは、負担が大きくないかと心配だったけれど、彼女は自信満々な様子で口角を上げた。

「ただリーダーたちに相談にのってほしいんだけど、いい？」

「っ、うん！」

リーダーと認めてもらえた気がして、力一杯頷いた。私なりの方法で、届いた人がいる。

そのことがすごく嬉しい。

「あの動画すごいよかったよね」

「やるからには売れたいよね」

ぽろぽろと声が聞こえてくる。

やってみてよかった。全員に届いたわけではないかもしれないけれど、きっと受け止めてくれた人もいる。このクラスで必要な一歩を踏み出せた気がした。

「バイトとか部活とかそれぞれ忙しいと思うから、無理をせず出来る範囲でスケジュール立てて進めていこう。明後日《あさって》までにわかる範囲で用事のある日を紙に書いて提出して」

石垣くんの言葉に、クラスの人たちが各々返事をしていく。

少しずつだけれど、クラスでまとまりと意欲が出てきたように思える。それは動画を見たことや私が発言したことだけではなく、石垣くんも一緒に頭を下げてくれたことや沖島さんが動いてくれたことも大きく影響したはずだ。

頑張りたい。改めてそう思った。

＊＊＊

六限目が終わり、教室へ戻る途中で爽南たちに声をかけられた。私の顔色をうかがうような眼差しは少し不安げだった。

「彩……さっきはごめん。責任押し付けてた」

「私たちも手伝うから、なにかあったら言ってね」

嬉しさに頬が緩むと同時に安堵した。

いつもの私なら、人前であんなことは言えない。変わる一歩を踏み出すのは緊張したし、友達にどう思われるのか、それが怖かったんだ。

「てか、彩があんなこと言うの意外だった」

「……あ、うん。あのときとにかく必死で……今になって思うと恥ずかしい」

「なんでよ、かっこよかったよ」

一瞬、自分のことだと理解が追いつかなかった。

誰かの目に、私がかっこよく映っていたなんて、信じられない。頼りないリーダーだって口に出すのは、かっこ悪いことだと思っていた。

「え、なにその顔。泣かないでよ」

「ちょ、ちょっとうるっときただけー！」

誤魔化すように笑いながら、爽南に抱きつく。泣きそうになった私をからかってくる爽南たちと談笑しながら、廊下を歩いて行った。

変わることに臆病になっていた。でもいいんだ。変わった私でも受け入れてくれる場所があったんだ。友達に嫌われたくないって思って、笑って過ごしていたけれど、私の話だってちゃんと聞いてくれた。怖がる必要なんてなかったんだ。

教室に戻ると、私よりも先に戻ってきていた乃木くんの姿を見つけた。どう思われたのかはわからない。伝わっていないかもしれない。それでも今また動かなかったら、何も変わらない気がして、足を前に進める。

「乃木くん」

声をかけると、振り返った乃木くんが気まずそうに視線を落として苦笑した。

「遠藤、さっきはごめん」

「え？」

「今思うと、すげぇかっこ悪いことした」

そんなことないよと笑って返すと、乃木くんは不安げに私に視線を移す。

どうしたらいいのかわからなかったのはみんな同じで、今日やっと私たちのクラスはスタートラインに立てた。

「あの動画見て、俺もがんばろうって思った。正直市瀬たちのことは苦手だし、意見とか言いにくい。だから困ったことがあったら話聞いて」

「私でよければ！」

まだ準備は進んでいない。けれど、最初だからこそコミュニケーションをしっかりとって、相談しあえる関係を築くのが大事なはずだ。

リーダーとして私のやるべきことが、少しずつ見えてきたかもしれない。

石垣くんの提案で、私と石垣くんと、各役割のリーダーたちと放課後に少しだけ話をしようということになった。

私は考えが足りていないなと痛感する。高井戸先生にリーダーを決められた時点で、五人で集まるべきだった。

それに石垣くんのコミュニケーション能力の高さには驚かされる。とっつきにくそうな佐々倉くんとも、いつの間にか仲良さそうに話をしているのが見えた。私も他の三人とうまくやれるだろうか。

帰りのホームルームが終わり、クラス内のリーダーたちで集まろうとしたときだった。

「おい、彩」

無遠慮に教室へ入ってきた央介が、不機嫌そうにこちらへ向かって歩いてくる。

「電話何度もしたんだけど」

「え、ごめん。気つかなかった」

電話の理由も、どうして央介が教室に来たのかもわからなかった。今日はクラスの人たちと予定があるから帰りは別々と、央介から言ってきたはずだ。

「早くしろよ」

「え、ちょ……」

「予定なくなったから。お前、暇だろ」

苛立っているように見える。なにがそんなに気に入らないのだろう。もしかしたら、予定がなくなったことが原因なのかもしれない。

「ごめん、央介。今日文化祭の話し合いで残るんだ」

「は？」

央介の視線は冷たかった。

馬鹿にするように鼻で笑って、「文化祭なんてまだ先じゃん」と言ってくる。央介たちのクラスでは、まだあまり文化祭の話し合いは進んでいないのだろうか。

「でも今から進めていかないといけないこともあるし……」

「ウケんだけど。お前がリーダーとかできないだろ。馬鹿なんだし」

無意識に手に力を込めて、きつく握りしめる。私だって自分がリーダーなんて無理だと思っていた。だけど、ようやくなにか変われる気がして、今は最初よりも気負わずにいられるんだ。

「ちょっと、央介。なんなのその言い方」

「は？　うっせぇな、お前に関係ないだろ」

私たちの会話を聞いていた爽南が、私と央介の間に割って入ってくれた。央介はますます不服そうに表情を歪める。

「このクラスかわいそうだな。もっと真面目な奴がリーダーやればよかったのに。彩も空気読めよ。お前いるとぜってー邪魔だって」

それが央介の中の遠藤彩なんだ。馬鹿で頼りなくて、リーダーなんて務まらない。疑問がじわじわと大きくなっていく。

この人は私のどんなところを好きになってくれたのだろう。

私は央介に大事に想われたかった。好かれたかった。見てほしかった。けれど、本当の私を知られたら、つまらないと思われてしまう。だから私は、私を好きだと言ってくれる人の〝理想〟になりたかった。でもきっと彼の理想に私はなりきれない。

「話し合いするから、部外者は出て行って」

沖島さんが強気な口調で央介に詰め寄っていく。

「は？」

「あんた、空気読めないの？」

低めな彼女の声と凄みのある表情に、央介は顔を引きつらせる。

「もう一度言う。部外者は出て行って」

央介が沖島さんになにかを言い返そうとしたときだった。椅子を引く音が聞こえて視線を向けると、石垣くんが「悪い、谷口」と言って、央介に笑いかけた。

「話し合い始めたいから、そろそろいいかな」

爽やかな好青年といった感じの笑顔のはずなのに、目の奥が笑っていない。怒りをぶつけられるよりも、笑顔の裏に隠された苛立ちを垣間見る方がずっと怖かった。

「……マジでウゼェ」

さすがの央介も石垣くんに突っかかることは躊躇ったのか、私を睨みつけると舌打ちをして教室から出て行った。教室の中が静まり返り、気まずい空気が流れる。

まだ残っている人も多かったため、結構な人数に聞かれてしまったみたいだ。

「ねえ、なにあれ！　央介っていつも彩に対してあんな感じなの!?」

史織が眉根を寄せて、声を荒らげる。いつもというわけではないけれど、普段の央介のことを話しても史織たちは怒りそうだ。

「きっと今日は機嫌悪かったんだよ」

「それにしても、あれはない！　彼女にあんなこと言うなんて酷いでしょ」

「……うん、でも私も怒らせるようなこと言っちゃったのかも」

史織も爽南たちも心配してくれているのはわかっている。

機嫌が悪かったのは本当で、優しいときだってある。けれど、私の中に蓄積している央介に対する不安や諦めの感情を、みんなに話していいものなのかわからない。

「彩」

爽南が真剣な表情で私の名前を呼んだので、いつもと違う雰囲気に息を呑む。

「そうじゃないよ」

「え……？」

「あんな言い方をした央介はよくないよ。彩を傷つけようとして言っていたでしょ」

やっぱり周りから見ても、央介の私に対する態度はあまりいいものではないようだ。それがみんなの反応でわかって、胸がずきりと痛む。

央介が私を傷つけようとしたのは、きっと私が思い通りにならなくて腹が立ったからだ。

「ああいう態度をとられて、我慢する必要なんてないんだよ」

「……うん」

爽南の言っている意味はわかる。でももしも我慢をせずに、ありのままの私の言葉と態度で央介に接したら、全部なくなってしまうかもしれない。

本当の〝つまらない〟遠藤彩は、谷口央介の彼女として髪の色を明るくして巻いて、派手に着飾ることで、つまらない部分を隠していた。

いつかは央介から別れを告げられるのはわかっている。彼は飽きっぽい。だからその日までは、私はつまらない遠藤彩を隠していたい。

「庇ってくれて、ありがとう」

「彩、本当に我慢しないようにね！」

爽南たちはいつでも相談にのるからと言って、帰っていった。爽南たちがいなくなったことで、教室がさらに静かになる。

私の隣の席に座った人物に視線を向けた。あの場で発言をしてくれたのは意外だった。

「ありがとう、沖島さん」

「別に。苛立ったから言っただけ」

「それでもありがとう」

机に頬杖をついている沖島さんに笑いかける。央介とのことを考えると少しだけ気が重い。けれど、沖島さんの言葉で私は助けられた。

央介に少しくらい暴言を吐かれたって、いつもなら耐えられる。けれど正直、今回は央介のあの言葉には傷ついた。

私がリーダーだとクラスの人たちがかわいそう。

それは今までの自分の行いがそう思わせているのだとわかっている。けれど、目の前で言われると心に突き刺さるものがある。

「あのさ、遠藤さん」

名前を呼ばれて我に返ると、沖島さんのまっすぐな瞳が私に向けられていた。

「私たち、かわいそうじゃないから」

「へ？」

「みんなの前で、力を貸して欲しいって言ってくれるリーダーだから、私はついていきたいって思ったの」

沖島さんは外装のリーダーに任命されても、最初はやる気なんてまったくなかったそうだ。けれど今日動画を観て、みんなの前で私が話した言葉を聞き、ついていきたいと思ってくれたのだと、少し照れながらも話してくれた。

「だから、私たちはかわいそうじゃない」

一歩踏み出した私を肯定してくれた沖島さんの言葉を、何度も頭の中で繰り返す。鼻の奥が少し痛くて、視界が少しだけ潤《にじ》んだ。

「ありがとう」

私はずっと自分に自信が持てなかった。けれど、今の自分になら少しくらい自信が持てそうな気がして自然と頬が緩む。

「じゃあ、クラス内リーダーの会議をしよう」

石垣くんの呼びかけで、クラス内のリーダーが真ん中の席に集まり、机を向き合わせて座った。こうして五人で話すのは初めてだ。

「これ、先生から今までのやきそばの店舗の資料をもらって、僕なりにまとめておいたから目を通してほしい」

資材リーダーの佐々倉くんがホッチキスで留めた資料を私たちに配った。銀縁のメガネのブリッジを中指で持ち上げて、淡々と説明をはじめる。

「まずは食材や味などに関して」

私たちはやきそばの屋台をやるため、資材グループはやきそばをいれる容器や、受け渡し袋、食材などの仕入れを担当することになるそうだ。

「やきそばといっても、ここで作っていたのはスーパーで売っているようなものではないみたいだ」

「え、どう違うの？」

一口にやきそばといっても、色々と種類がわかれているのだろうか。

「それについては二ページ目に記載しているから」

ページを捲《めく》り、内容を確認していくとやきそばの材料に関しての情報が書いてある。麺とソースと肉カスに関しては、静岡《しずおか》のお店に発注をしているみたいだ。

「……富士宮《ふじのみや》やきそば」

古松さんが消えそうな声でぽつりと呟いた。その言葉に、石垣くんがなるほどと声を上げる。

「Ｂ級グルメで人気のやきそばだよな」

Ｂ級グルメに関して詳しくないので携帯電話で検索をかけてみると、たくさんの情報が出てきた。静岡発祥のやきそばだそうだ。コシのある麺で、あっさりとしたソースとイワシの削り粉の味が絶品だと書かれている。

「近所の人のリピート率が高い理由が味らしい。家庭で作るやきそばとは違った味で、またこの味が食べたくなってくる人たちが多い。だからこそ、富士宮やきそばを売り続けているんだろうな」

資料の下のほうに載っているのは、学校での富士宮やきそばの歴史だ。

今から十四年前、八王子市で行われた小さなお祭りの手伝いを当時の生徒たちがすることになった。そのときに手伝った屋台のひとつに富士宮やきそばがあり、食べた生徒たちは美味しさに感銘を受けて、文化祭でも取り入れたいという話になったらしい。

ただ生徒たちの思いつきだけでは、先生は首を縦には振ってくれず、新規の取引先を探す手間と時間がかかるため、今まで通りの普通のやきそばにしなさいと言われてしまった。当時は、今ほど文化祭は自由にできていなかった。

それでも諦めなかった生徒たちは、色んなやきそばを取り寄せて、先生たちにプレゼンをして試食までしてもらった。その美味しさを認めてもらい、なんとか文化祭での出店許可が下りたのだという。文化祭に来てくれた近所の人たちからの評判も高く、そこからじわじわと噂が広まり始めて、この学校での富士宮やきそばの歴史が築き上げられていったみたいだ。

先輩たちが販売してきたやきそばがどのようにして生まれて、どれほどの期間愛されてきたのかが、佐々倉くんの資料のおかげで私たちにわかりやすく伝わってきた。

作って販売する上で、質を下げないようにしないと、毎年通っているお客さんたちはきっと満足してくれない。

「まあ、まずはどのような店舗のイメージにするかを決めてから、作り方の練習や販売のシミュレーションをして、食材の発注数などを決めていくべきだと思う」

「あ、ありがとう！」

佐々倉くんは私よりもずっと頼りになりそうだ。メガネの奥の切れ長の目が向けられて、咄嗟に背筋を伸ばす。頼りないリーダーで呆れられてしまっただろうか。

「基本的に、なにかを決めるときの最終判断は遠藤さんに委《ゆだ》ねるから、そのときはよろしく」

「う、うん。わかった」

最終判断といっても、現状では何に関してなのか想像がつかない。過去の先輩たちがしてきたことがまとめられているファイルがあるらしいので、それを見て私なりにリストアップしておこう。少しでも自分のできることを見つけていかなくちゃ。

「とりあえず私がデザイン作るから、それから色々進めていく感じでいいでしょ。で、それで相談なんだけど、今までの文化祭でのやきそばのイメージって、やっぱりこういう感じなんだよね」

佐々倉くんが作ってくれた資料に載っているのは、今までのやきそばの屋台の外観や内装、ポスターの写真だ。どれも明るくてエネルギッシュなイメージを与える赤やオレンジが使われている。

「学生だし、こういう路線で売ったほうが大人受けもいいんだろうな。この学校の文化祭は大人も多く来るから。当日の動画でも大人が並んでいるのが結構映ってた」

私は販売している学生にばかり目を向けていたけれど、石垣くんはどのような人が買っていたかなどもチェックしていたみたいだ。私も彼と同じように二回も動画を見たのに、全く気づけなかった。狭い視野でしか見ることができていなくて、唐突に焦燥感《しょうそうかん》に駆られる。全体を見渡すリーダーとして、もっと視野を広げないといけない。

「けど、逆にそれはこの文化祭ではありふれていると思うんだよね。動画でもほとんどのクラスが、明るい色を使ってた。だから私は別の路線でのチャレンジがしてみたいんだ」

「別の路線？」

「黒を基調として、赤色をアクセントにした店舗があったら目立つと思わない？」

沖島さんはわくわくしている子どものような表情をしていて、やる気に満ち溢れているように見えた。けれど、そんな彼女を佐々倉くんは冷静に「ちょっと待った」と止めに入る。

「今までのイメージを変えるのは、リピーターたちのウケがよくないかもしれない。変わらない味が人気の理由なんだから」

「かったいなぁ。コンビニスイーツだって、人気あってもパッケージが新しくなってくでしょ。それと同じ」

「それとはわけが違う」

「同じだっつーの」

沖島さんと佐々倉くん、どちらの言うこともわかる。変わらないものを守るべきということも、すべてを同じでいる必要がないということも。

「古松さんは？　さっきからなにも言わないけど、どう思う」

突然沖島さんから話を振られた古松さんは、びくりと肩を震わせた。ずっと俯いて資料を見ていた古松さんが怯えるように視線を上げて、またすぐに資料を見てしまう。

「あ、あの……私は」

人と話すことが苦手そうな古松さんは言葉を震わせながら、慎重に吐き出しているように思えた。

「見てみたい、です。……沖島さんの、言ってる黒の……」

「まじ！　やった。ほら、佐々倉！　古松さんは見たいって」

「ぁ、でも、私なんかの意見は参考には……」

古松さんはなにに対して怖がっているのだろう。話すのは苦手のようだけれど、ゆっくりなら自分の意見も言ってくれる。自分の意思がない人ではないのだと思う。

余計なお世話かもしれないけれど、少しでも彼女にとって過ごしやすい環境になってほしい。でも今も、佐々倉くんと沖島さんの勢いにたじたじになっている。

そろそろ私も間に入らないと、収拾がつかなくなりそうだ。

「ふたりとも落ち着いてー」

「じゃあ、遠藤さんはどっちの意見に賛成?」

「ええっと……どっちの意見もわかるけど……」

気を遣っているというわけではなくて、沖島さんの新しくしていく考えも面白いし、佐々倉くんの堅実にやっていこうという意見もわかる。

こういうとき、どうまとめるべきなのだろう。

言葉に詰まっている私の横で、石垣くんが声を上げた。

「黒基調ってかっこいいし、俺もいいと思うよ。でもまあ、俺たちだけで決めていい問題ではないから、みんなに意見聞いて、その上で決めよう」

石垣くんがフォローに入ってくれたおかげで、沖島さんと佐々倉くんはとりあえず納得してくれたみたいだ。これで一旦会議は終了、となりそうになったときだった。

「ご、ごめんなさい！」

古松さんは声を震わせながら、頭を下げた。なにに関してなのかわからず、石垣くんに視線を向けてみたけれど、彼もよくわからないといった様子で目を丸くしている。

「わ、私なんかが意見言って……その、気分を悪くさせちゃってたら……ごめんなさい」

意見を求められたから答えてくれた。古松さんが謝る必要なんてないのに。どうしてそんなに申し訳なさそうにしているんだろう。

「いいじゃん、言っちゃいなよ」

石垣くんが優しい口調で言うと、古松さんが驚いたようすで顔を上げた。

「俺たちの前では言いたいこと言っていいよ。責めたりしないから」

自分が思っているよりも、誰かに想いを伝えることを怖がらなくていいのかもしれない。胸の奥にずっと閉じ込めてきた言葉たちを少しずつ外に出してあげないと、心に蓄積して毒になる。

「だから古松、話すことを怖がらなくてもいいよ」

石垣くんの言葉が、私の心にも優しく染み渡っていく。

意見を言ったことを謝る古松さんに対して〝どうして〟なんて思ったくせに、私も同じだった。自分の気持ちを知られるのが怖くて、押し隠してきた。

今日、クラスのみんなに自分の気持ちを素直に伝えたとき、失敗したらどうしようって不安もあった。けれど、伝えなくちゃ何も変わらないことがわかっていたから、不安を押し隠して一生懸命言葉で伝えたのだ。

そうしたら私の声に耳を傾けて、考えてくれた人たちがいてくれた。穏便に楽な方向へいって、これでいいやって思いながら過ごしていたら、こんな気持ちにはなれなかったはずだ。

伝えるのが怖くなってしまうくらい萎縮《いしゅく》する相手だっているけれど、聞いてくれる人だっている。そう思うと胸の奥にある硬くなった結び目が解けていく。

「私にも教えてほしい。古松さんや、みんながどんなふうに考えて、なにを思っているのか、知った上で文化祭に向けて頑張っていきたい」

今までの私だったら、きっとこんなこと言えなかった。

笑顔でいれば、周りとうまくやれるなんて思っていた薄っぺらい私だった。

でも今は違う。知りたい。私の言葉を聞いてくれたみたいに、私もみんなの考えや気持ちを聞きたい。

「あのさ、私もやるからにはちゃんと頑張るから。あと言い方きつかったらごめん。そういうとこあるから。教室ではあんまり喋らないようにしてた」

沖島さんが首にかけていたヘッドフォンをはずして、小さなため息を吐く。

「だからこれ、つけてたんだ。これつけてたら声かけられないし」

いつもつけていたヘッドフォンはクラス内での付き合いが面倒で遮断するためなのだと

思っていた。けれど、沖島さんはそうではないと言って、困ったように苦笑する。

「中学の時とか、きついって言われて結構人と衝突したんだ」

自分の言葉で周りを傷つけることを恐れて、関わらないようにと距離を置いていたんだ。

沖島さんがどんな言葉で人と衝突をしていたのかはわからない。

けれど、少なくとも私は——

「今日沖島さんがくれた言葉、嬉しかったよ」

「え？」

「沖島さんが、私の話を聞いてついていきたいって思ったって教えてくれたとき、本当に嬉しかった」

言葉は難しい。気づかぬ間に誰かを傷つけてしまうこともあれば、救うことだってある。

——つまらない。

今でも私の心に残り続けている言葉だってある。だからこそ、大事に使わなければいけない。けれど、考えすぎて臆病になって、言葉を溜め込めば苦しくなってしまう。

「だからさ、沖島さんもここでは言いたいこと言って！　それで衝突したら、きちんと話し合って仲直りしよー！」

小学校の頃なら、喧嘩をしたってすぐに仲直りができていたのに、私たちはだんだん喧嘩が下手になっていく。

些細なことに傷ついて、溜め込んで、相手の顔色を見て、空気を読むことを覚えていく。ダメなことではないけれど、囚われてばかりだと、喧嘩すらちゃんとできなくなってしまう。

「みんな生きづらそうだな」

私たちの話をずっと聞いていた佐々倉くんがぽつりと呟くように言った。

そういえば彼はマイペースで、文化祭のことで話し合っているときもはっきりとした意見をくれる人だった。

「好きに生きたほうがいいから、僕はそういうの気にしないいな」

「それもそれでありなんじゃん？　俺は佐々倉みたいな考えいいなって思うよ」

少し長くなった会議を切り上げる合図のように石垣くんが立ち上がる。

「とにかくさ、これからよろしくってことで」

眩しいくらい爽やかな笑顔。けれど、いつもの石垣くんの笑顔とは違う気がした。今の笑顔の方が自然に見える。

それぞれの顔を見てから、私も笑顔でよろしくと返事をする。私たちは性格が全く違っているけれど、上手くやっていけそうな気がした。

「遠藤さんって今までのイメージとだいぶ違うな」

佐々倉くんは興味深そうに私を見つめてくる。聞かなくても、どういった印象を持っていたのかはわかる。

　真剣に文化祭に取り組んで、みんなの前で力を貸してくれと必死に伝えるような人には見えなかったのだろう。私はいつも中身がなくて、ヘラヘラ笑って、央介に言われた通り〝馬鹿〟だったから。でも、今日はいつもより心が軽い。

「私ね、今日自分のことが少しだけ好きになれたかも」

　ほんの一歩でも踏み出せて、変われたのを実感したからだろうか。そうなれたのは、文化祭のリーダーになれたおかげで、石垣くんが傍にいてくれた心強さもあったからだ。

　ひとりじゃ変われなかったけれど、変わる一歩を踏み出すかを決めるのは自分。この一歩はきっと私の日常を変えていく。

「私は自分のこと大好きだけど」

「沖島さんはイメージ通りだな」

「佐々倉もイメージ通りだわ」

　言い合いながらも、案外気が合いそうな佐々倉くんと沖島さんの会話に思わず笑ってしまう。私と同じように石垣くんや古松さんも笑っている。

　先ほどまで怯えたようすだった古松さんが笑えていることに安堵した。まだ入学して二ヶ月で、私たちはお互いに知らないことばかりだ。だからこそ、こうして少しずつ知っていけたらいいな。

◆笑顔の裏側

クラスのみんなで動画を見てから数日後、屋台のイメージを沖島がパソコンソフトを使って描いてくれた。

「え、これ沖島さんが作ったの……？」

教室に集まったクラスの人たちは、黒板に貼られた沖島考案のデザインを見て驚嘆の声を上げる。

赤や橙、黄色などの配色を使ったポップな雰囲気のアメコミ風のデザインは可愛くて、文化祭に合っているように見える。もうひとつは、黒を基調にして朱を差し色にした和モダンな雰囲気で、細かく装飾された和柄と品のある筆文字がかっこいい。

従来の文化祭として考えるとポップの方だ。けれど似たような配色の店舗が多いため、埋もれてしまう可能性もある。

「もっとこうした方がいいとかがあれば、言って」

周囲から尊敬の眼差しを向けられて、沖島は照れを隠すように素っ気なく言って顔を背けてしまう。そんな沖島をクラスの人たちはだんだん掴めてきたらしい。彼女の態度に顔を顰めるような人は誰ひとりおらず、みんな柔らかい表情で笑っていた。

クラス内で意見を聞いた結果、派手さはなくても和モダンなデザインは目立つのではないかという話になり、和モダンの方に決まった。

屋台のテーブルには外観のデザインに合わせて黒の布を使って、俺たちが着るエプロンは丈が長めの黒の腰エプロンにすることにした。Ｔシャツの色を外観の色に合わせて赤にするか黒にするかでみんなで迷ったが、Ｔシャツは黒でワンポイントとして頭や腕に巻くバンダナを赤にすることになった。

無事にイメージも決定したので、外観グループと内装グループで協力し合いながら進めていく。

そして、二チームが協力して考案したのは、屋台の横に設置する小さなイートインスペース。そこにはふたりがけの長椅子を置いて、上から黒の布を敷き、朱色の番傘を飾ることになった。内装や外観の一部に入れる赤が映えていて、カラフルな色合いが多い文化祭の屋台の中にこれがあればかなり目立つだろう。

話すのが苦手だという古松も、沖島と一緒なので不安も少し減ったようで、大きな問題もなくうまくいっているみたいだ。

そんな中、クラス内でちょっとした出来事が話題になった。

五月下旬にあった中間テストが、ようやく返ってきたのだ。最近梅雨入りをしたばかりで外は薄暗く、しとしとと雨が降る中告げられた現代文のテストの返却に、クラス内のテンションが一気に下がっていく。

名前順で呼ばれたため、俺は早い段階でテストを返され、『七十九』という得点と黒板に書かれた『平均点六十』という文字に、まあこんなものかと思った。

先生に呼ばれてテストを返されていく生徒の大半が苦々しい表情をしている。そんな中、誰かが「うそっ！」と大きな声を上げた。視線が集まった先にいるのは市瀬で、遠藤のテストを見ながら、目をまん丸くしている。

周囲の生徒が集まり、次々に喫驚《びっくり》していく。聞こえてきたのは、遠藤のテストの点数が〝九十八点〟という声だった。普段取り乱すことのない佐々倉までもが席を立って、遠藤に話しかけにいっている。

高井戸先生から勉強ができることを聞いてはいたが、あまりの高得点に俺も驚いた。

点数が悪かったらしい土浦が「次のテスト前、勉強教えて！」と遠藤に頼み始めると、自分も教えてほしいと言い出す男子たちが何人かいて、遠藤はきょとんとしている。そんな遠藤を見かねてか、市瀬たちが男子たちを叱りつつ、次のテスト前にみんなで勉強会しようと提案をして、ひとまず落ち着いた。

文化祭のことやテストの件によって、クラスメイトから見た遠藤が変わり始めている。

そして俺も、前まで抱いていた印象とは違い、苦手意識はなくなっていた。

六月も下旬に入り、第一回目の試食会が近づいてきた。それと同時に佐々倉率いる資材グループも、食材の数量に関して動き始めている。佐々倉がまとめ役なら問題はないだろうと安心していたが、ひとつだけ不安要素が出てきた。

「降水確率によって食材の数量を変えないといけないんだけど、いつまでに発注しないといけないのかは、右上に書いてあるから。あと降水確率を十パーセントから百パーセントまで、おおよその数量と損益分岐点を出したから確認して」

「え、あ、うん！　佐々倉くん、ちょっと待って。えっと」

佐々倉はかなりテキパキと動いてくれて、細かいところまで気づいてくれるけれど、圧が強すぎて遠藤が置いてきぼりをくらっていることが多い。

遠藤の成績が自分よりも良いことを知った佐々倉は、こういった話を遠藤に畳み掛けるようにしていくようになったのだ。これは佐々倉なりに遠慮がなくなって打ち解けてきたということなのだろうけれど、遠藤はだいぶ困惑している。

「最終的に数量をどうするのかは遠藤さんが判断することになるから。ちなみに今までの売り上げや食材の原価は次のページに書いてある」

降水確率によって数量を十パターン出しているようで、そこまで細かくする必要があるのかは俺にはよくわからなかったけれど、遠藤はその紙を受け取って真剣に読んでいる。

「それと問題はキャベツ」

「え、キャベツ？」

「今年は値段が上がってる。この値段の差は大きい。遠藤さん、それを含めて本当に去年と同じ食数でいくつもりなのか考えてほしい。雨だった場合は特に最悪なことになる」

佐々倉の癖なのかもしれないけれど、遠藤の返答を待たずに早口でどんどん話を進めていく。遠藤も高校での文化祭は初めてだから、判断を委ねられてもすぐに返答ができないのは仕方ないことだ。けれど、佐々倉はどうするんだと詰め寄っていった。

「遠藤さんに決めてもらわないと」

「……うーん」

ふと高井戸先生が、交渉が必要になったら佐々倉に頼ってみろと話していたのを思い出した。

「あのさ、佐々倉。キャベツって大量に買うんだろ？　それなら値段交渉とかってできないの？」

「しようと思えば、できなくはない。けど去年よりも少なくなるから、値段を下げてもらえるか微妙なところだな。ただでさえ、今は単価が上がっているから」

去年はかなり売れたらしいけれど、それでもキャベツが少し残って最後は余った食材を使って野菜炒めにしたり、薄力粉を使ってお好み焼きにして生徒たちで食べたらしい。だから今年はキャベツの数は減らすつもりだ。佐々倉の言う通り、それだと交渉は難しい。

「あ、でも三年の先輩たちも今年やきそばやるんだよね。そこにキャベツ使うんじゃないかなー」

遠藤の言う通り、三年の先輩のクラスがやきそばをやることに決定している。やきそばといっても、俺らがやる卒業生から受け継いだやきそばではなく、新しくチャレンジするアレンジやきそばというものだ。

目玉焼きをのせるものや、薄焼き卵で包むもの、おにぎりの中にやきそばをいれたものなど、普通のやきそばではなくアレンジされたものを売るらしい。

「わかった。それなら三年の先輩たちに相談してくる。キャベツを一緒に発注すれば、数も増えるから交渉が成功する可能性も上がるはずだ」

遠藤は一緒に行こうかと聞いていたが、佐々倉はひとりで大丈夫だと言って、教室を出ていった。

どうやら今三年の先輩たちのもとへ相談をしに行ってくれるみたいだ。すぐに行動をしてくれるのが佐々倉の頼もしいところだ。

「やっぱり私、頼りないかなぁ」

来なくていいと言われたことがショックだったのか、遠藤は少し落ち込んだようにため息を吐いた。

「別に佐々倉の場合、そういう意味で言ったんじゃないと思うよ。たぶんさ、あいつなりに役割をきちんとわけてるんだよ」

「役割？」

「情報を集めたり、行動をするのは佐々倉で、決断をするのはリーダーの遠藤。だから、遠藤に自分と同じことをさせる気はないってことだと思う」

佐々倉は、遠藤がみんなの前に立って協力してほしいとお願いしたときに、遠藤への見方が変わっていたみたいだし、頼りないと思って突き放しているわけではないはず。

それに佐々倉が頻繁に遠藤に相談に行っているのは、遠藤がリーダーだときちんと認識をしているからなのだと思う。頼りないと思っていたら、あいつの場合は遠藤をすっ飛ばして担任の高井戸先生に相談に行きそうだ。

そう話すと、遠藤は「確かにそうだね」と言って苦笑した。

「なんか……変わってきたねー」

遠藤が教室を見渡して、嬉しそうに呟く。

文化祭のイメージが決まってから、少しずつクラス内では文化祭に関する話題が増えてきた。一年生のクラスの中で一番準備が進んでいるクラスらしく、それを聞いてみんなますますやる気を出している。

「この空気に変えたのは遠藤だな」

みんなの前で頭を下げた遠藤に心を動かされた人は多かった。それから沖島が店舗のイメージなどを率先して作り上げてくれたのも大きい。変わり始めた空気にクラスメイトたちはどんどん飲まれていって、だいぶまとまりがでてきた。

「……でも私ひとりだったらできなかったよ」

遠藤と話していて時折感じるのは、自分に自信がないということだ。そういったところは古松とも似ている。

古松は自分に自信がなくて、周りに発言する勇気を持てないみたいだった。遠藤の場合、発言はするけれど本心を押し隠す癖がある。彼氏の谷口央介にも本心を言えずにいるように見える。

でも、俺も人のことは言えない。

人には言えない悩みがあったから、周りと自然と距離をとっていた。拒絶されるのが怖かったのだ。けれど、拒絶しない人もいると遠藤が教えてくれたおかげで、前よりも息苦しい日常ではない。

それに、ずっと本心を言わずに逃げていたこととも向き合う決意ができた。

「ねー、石垣くん。なんかあった？」

「え？」

「今日様子がいつもと少し違うなーって思って」

些細な変化に気づかれたことに驚いた。やっぱり遠藤には話しておこう。

「俺さ、賢人と今日会って話をしてくる」

今までも何度も賢人から連絡が来ていたけれど、今回は俺から連絡をして会うことになった。時間が迫るにつれて緊張で胃が痛くなってくる。

「前電話していた人、だよね？」

「うん。ただちょっと緊張するっていうか怖い」

賢人と話をしてもなにも変わらないかもしれない。そう考えると不安だけれど、でももしかしたら、話してみたらなにかが変わるかもしれない。そんな期待を抱いてしまっている自分もいる。

「けど、このままじゃダメだって思うから……だから」

「石垣くんはその人とどうなりたいの？」

「え？」

「会うのが怖いって思うのに、無理して会う理由はなにかなーって思って。だってさ、それって自分を苦しめているだけでしょ」

遠藤の鋭い質問に心臓が大きく跳ねた。

別に会わずに連絡を絶てば、これ以上傷つくことなく終われる。それなのに俺は会う選択をした。

「会おうって決めたのは、石垣くんの中でその人との関係を清算したいってことなのかなって」

「そう、だな。……そうなんだと思う。裏切られたことは変わらないし、なんでって思うのに変だよな」

　連絡が何度も来て拒絶していたけれど、それでも着信拒否ができなかった。もう以前のような感情はなくても、心のどこかでこのまま関わりを絶つことを躊躇していたんだ。

「きっと許したいんじゃないかな」

　教室に騒がしい笑い声や椅子を引く音が響く。けれど俺には溢れる音の中で遠藤の声だけが鮮明に届いていた。遠藤の言葉は俺が探していた答えを教えてくれるような気がして、聞き入ってしまう。

「大好きで大切だったなら、過去を振り返ったとき、思い出したくない記憶になんてなってほしくない……って私なら思うかなって。……石垣くんは違う？」

「……違わない。あの頃みたいには戻れないけど、忘れたいわけじゃないんだ」

「それなら、その気持ちを素直に相手に伝えて、相手の気持ちも聞いてみたらいいんじゃないかな」

　遠藤が俺に笑いかけてくれて、俺も同じように遠藤に笑いかける。文化祭のまとめ役になる前までは一切関わることもなかったのに、人との関係はなにが起こるかわからないものだなと実感する。秘密を知られたときは絶望的だったけれど、今は相手が遠藤でよかったと心から思う。

「ありがとう。ちょっと気持ちが楽になった」

自分の中の気持ちに整理をつけるためにも、最後にちゃんと賢人や中学の頃の自分と向き合いにいこうと改めて決意をした。

夕方の六時を回っても、六月下旬の外はまだ明るい。

賢人とよく待ち合わせをしていた河原へ行き、丸太のベンチに腰をかけて俺は賢人の到着を待つ。

遠くに白いふわふわふわな毛の大きな犬を見かけて、懐かしく思う。あの頃、その犬と散歩をしていたのはおじいさんと小学生の女の子だったけれど、今はおじいさんだけだった。たったそれだけで、時間は流れているのだと胸の奥が騒つく。過去と決着をつけにきたはずなのに、変化というものを肌で感じると、不安が押し寄せてくる。

賢人はどうだろう。外見や中身は、あの頃から変わっているのだろうか。

中学の頃、同級生の友達と遊ぶときは外ではサッカーやバスケ、家の中ならゲームがほとんどだったけれど、賢人とふたりで過ごすときは違っていた。

『渉、この曲好きそう』

イヤホンの片方を借りて、ふたりで同じ曲を聞いたり、その日あった出来事の話をする穏やかな時間。

『あ、本当だ。俺、こういう曲好き』

『やっぱり。この曲聞いたとき、渉のこと思い出したんだ』

ほんの少し照れたように目を細めて、顔をくしゃっとさせて笑う賢人が好きだった。

俺にとっては賢人とふたりの空間が心地よかった。それに俺の家の話も賢人はいつだって真剣に聞いてくれたため、あの頃は賢人にならなんでも話せると思っていた。そして賢人も同じなのだと思い込んでしまっていた。

「渉」

名前を呼ばれて振り返ると、賢人が片手を上げて俺に微笑みかけてきた。少し頼りなさそうだった雰囲気が消えて、背筋もピンと伸びて堂々としているように見える。

「ごめん、待たせて」

「……いや、大丈夫」

見慣れないライトグレーの制服と、短くなった黒髪に少し日に焼けた肌。数ヶ月会っていないだけなのに、賢人は中学生の頃よりも大人びていた。

久しぶりにベンチにふたりで並んで座る。肝心なことには敢えて触れず、緊張をほぐすようにぽつりぽつりと他愛のない会話をしていく。

「髪、黒くしたんだ？　最初誰かと思ったよ」

「ああ、そういえば賢人といたときは明るかったもんな」

「うん、だから新鮮だなぁ」

自分の前髪をちらりと見る。中学の頃は明るい色に染めていたけれど、高校では黒にしている。ただ気分を変えたくて黒にしただけだけど、明るい色だと賢人と過ごした中学の日々を思い出すため、無意識に避けていたのかもしれない。

「賢人、なんか部活してんの？」

「え？　ああ……ハンドボール始めたから髪を短めにしたんだ」

中学の頃は目にかかりそうなくらい賢人の前髪は長かった。肌が焼けたのも部活を始めたことが理由のようだ。それにしても、運動とは無縁だった賢人がハンドボールを始めたことが意外だった。

「本当は入る気なかったんだけど、体験入部勧められてやってみたら楽しくて。まだ下手くそなんだけどさ」

高校生になった賢人は、表情が明るくなったようにも思える。賢人の変化は寂しくもあるけれど、いい方向へ変わっているのがわかり嬉しくもある。立ち止まっていたのは、俺だけだったのかもしれない。

「あのさ」

緊張したような硬い声音が聞こえてきて、空気が変わった。賢人はなにか言いたげに俺を見やると、すぐに俯いてしまった。心の中で身構えながら賢人の話を待つ。

「今日会ってくれてありがとう。……俺、ずっと渉に謝りたかった」

膝の上で拳を握っている賢人がひどく思いつめているように見えて、複雑な感情が渦巻いていく。賢人に対して怒りは完全には収まってはいないけれど、そんな苦しそうな顔をさせたいわけではなかった。

「あの頃の俺は、本当に自分勝手で最低だった。俺、最初は同性と付き合うってよくわかんなかったし戸惑ったけど……渉のこと好きだった」

「え……」

「本当に好きだったんだって、別れた後に思い知った」

俺の方を向いた賢人は眉を下げて、今にも泣きそうな顔で微笑む。その表情が中学生の頃の賢人と重なる。俺が別れようって言ったときも、こんな表情をしていた。

「好きな曲を見つけるたびに渉のことを思い出したし、渉に話したいって思うことがたくさんあった」

「それは……」

俺も同じだった。ほんの些細なことでも賢人と共有したくなって、悩みごとができるときっと賢人なら話を聞いてくれると何度も思った。それだけ俺の中で、賢人という存在は大きかったのだ。

「渉が隣にいなくなって、本気で後悔した」

俺が一方的に賢人を想って付き合わせてしまっていて、賢人は俺のことなんて全く好きじゃないのだと決めつけていた。

だから俺は好きにすらなってもらえなかった自分が惨めで馬鹿らしくて、なかったことにしてしまいたいと思ってしまっていたのだ。

「あの頃はそんな自分の気持ちにも気づけなくて、渉のことちゃんと大事にできなかった。それに渉の幼馴染に見られて気持ち悪いって言われたショックが大きくて、渉を避けちゃったんだ」

「あれは……正直俺も堪《こた》えた」

面と向かって気持ち悪いと言われたのは、初めてだった。周りとは違うと自分でもわかってはいたけれど、同性との恋愛に関して目の前で拒絶されてしまったのは、かなり精神的にくるものがあった。

誰もが理解してくれるわけではない。受け入れられない人だっている。

それを、身を以て知ったのだ。

「渉。情けないけど、あのころの俺の本音を聞いて」

賢人は、俺の幼馴染の麻菜に面と向かって言われた『男同士でなんて間違ってる』という言葉が頭から離れなかったそうだ。

普通ではないと泣きながら訴えてきた麻菜を目の当たりにして、ようやく同性と付き合うということが、世間でどういった目で見られるのかを自覚したそうだ。

それから堂々とできないことへの苦しみや、気持ち悪いと言われたことで俺との関係を続けていくのが怖くなっていったらしい。

「そんなとき、塾が同じだった他校の女子にデートに誘われたんだ」

最初は俺とのこともあったため、賢人は断ったそうだ。けれどその子は、一度でいいから一緒に出かけてほしいと懇願してきた。一途《いちず》な思いを向けられた賢人は、俺に対して罪悪感があったものの、一度だけならと承諾したらしい。

そしてその子と出掛けた日、賢人は異性となら堂々とデートができることを実感した。同性の俺と過ごしているときは、周囲の目を気にしなければならないし、外で手も繋げない。そんな風に考えてしまい、付き合いに迷いが生じてしまった。その日の帰りに告白をされた賢人は、気持ちが揺れた結果、手を繋いで彼女の想いに応えた。

「それでそのあと、渉に知られて……」

そこからは俺もわかっている。その現場を見た俺は賢人を問い詰めて、別れを告げた。

心変わりをしたと言われたならまだよかった。浮気をされていたことが嫌でたまらなくて、自分の父が母にしたことと同じことだと思うと吐き気がしたのだ。

「今更謝っても遅いってわかってる。でも、本当にごめん。渉にもデートをした子にも本当に最低なことをした」

賢人は相手の子にも正直に話して、すっぱり関係を絶ったそうだ。ただ俺とはちゃんと話ができないまま終わってしまい、ずっと後悔していたらしい。

今になって冷静に考えてみたら、俺は自分のことしか見えていなかった。傷ついたのは俺だけではない。相手の女の子だって賢人に気があって、頑張ってデートに誘ったのに、賢人には別に付き合っている相手がいた。それはその子にとってもショックな出来事だったはずだ。

「もういいよ」

「渉、でも」

ずっと賢人のことが許せずにいた。けれど一番許せなかったのは、賢人のことを許せなかった俺自身だった。そんな自分が嫌でたまらなくて、醜いところばかりが浮き彫りになりそうで、過去と向き合うことを恐れていたんだ。

でもこうして面と向かって言葉を交わしてみると、想像していたよりも気持ちは落ち着いている。自分の中の消化しきれなかった想いを、今だからこそ受け入れられる気がした。

「俺のことちゃんと好きでいてくれたんだろ」

「好きだったよ。それなのに気づけなくて、失ってから気づいた。……本当馬鹿だな」

それでもいい。賢人が俺の気持ちと一緒だったと知ることができて、あの頃の俺の想いが報われたような気がした。ずっと苦い記憶のように思っていたけれど、賢人のことを好きになって一緒に過ごした時間はきっと無駄ではない。それに本当はずっと、賢人のことを恨みたくなかった。

――石垣くんはさ、きっとその人だから惹かれたんだよ。

遠藤の言葉を思い出して、肩の力がすっと抜けていく。

賢人だから惹かれた。男だとか女だとか関係なく、俺にとって魅力的だった人がたまたま同性だっただけだ。

「ありがとう、賢人。好きになってくれて」

「……俺の方こそありがとう。話ができてよかった」

ずっと続けばいいと思っていた日々は、案外容易《たやす》く崩れていく。付き合い始めた頃は、こんな結末を想像すらしていなかった。それでも悪いことばかりではなかった。

もう戻れないけれど、賢人と一緒にいた日々は、穏やかで幸せな時間だった。

過去の蟠《わだかま》りが消えて、これ以上今の俺たちには会話をすることがなくなっていく。それは自然と訪れる別れの合図のようだった。

「そろそろ行くよ」

「じゃあな」

少しぎこちない別れの挨拶を交わすと、賢人がベンチから立ち上がる。

生ぬるい夏風が吹き、ほんの少し目を閉じた。次に目を開いたときには、賢人が背中を向けて歩き出していた。

一歩、また一歩と遠くなっていく。俺はベンチに座ったまま、その後ろ姿をただ見つめるだけで引き止めることはなかった。

これでもう終わりなのだと、しっかりと目に焼き付ける。けれどもう胸は痛まなかった。あの頃とは違い、心についた傷が少しずつかさぶたになっているのだと実感する。

――さよなら。

取り残されたままずっと苦しんでいた過去の俺を救えただろうか。きっといつかまた誰かを好きになる日が来る。それが同性なのか異性なのかを考えるのはもうやめにしたい。

ずっと怖かった。周りは同性ではなくて異性を好きになるのに、どちらも好きになったことのある自分が異質だと思って、高校に入っても誰にも相談ができずにいた。

でももう気にするのはやめよう。偏見は無くならないだろうし、周りの友達に打ち明けることはできないけれど、自分の中での恋愛は、性別にとらわれずに自由でいたい。

それが俺の出した答えだ。そう思えるようになったのは彼女のおかげだった。

帰り道を歩きながら、すっかり暗くなった夜空を仰ぎ見る。

無性に声が聞きたくなった。話がしたい。俺がこの話をできる唯一のクラスメイトの姿を思い浮かべて、鞄から携帯電話を取り出した。

ディスプレイに表示されている遠藤彩の名前に触れる。呼び出し音が五回くらい鳴ったところで、『もしもし』と少し篭《こも》った声が聞こえてきた。

「ごめん、急に」

『大丈夫だよー。なにかあった？』

「遠藤と話したくなって」

電話越しで遠藤が笑ったのがわかって、少し面映《おもは》ゆくなる。

『石垣くんがそんなこと言うなんて意外』

俺だってらしくないことをしていると思っている。衝動的に電話をするなんて賢人にすらしたことがなかった。

『クラスの空気が変わったって今日話したけど、私と石垣くんの関係もかなり変わったよねー』

「前までこんな風に話すことなかったもんな」

遠藤も俺も互いに話しかけることはなく、ただのクラスメイトで顔見知り。俺たちはその程度の関係だった。

『だって私のことどちらかといえば、嫌いだったでしょ』

「まあ……うん。遠藤だって似たようなもんだろ」

『そうだねー、苦手だった』

遠慮なく言い合って、電話越しで笑いあう。変に取り繕《つくろ》う必要がないからか、遠藤と話していると先ほどまで感傷的だった心が落ち着いていく。

『ね、石垣くん。今どこ？』

「え……今は片倉台《かたくらだい》のバス停あたりだけど」

『そこなら行けそう』

どういう意味かわからず、聞き返そうとする前に遠藤が今から向かうと言い出した。俺と同じバス通学の遠藤とはおそらく家は近い方だとは思うけれど、もう夜だ。

「行くって、なんで急に」

『だってこういうときってさ、顔見て話したくない？』

遠藤は意外と行動派だったのか、いいから待っていてほしいと言って電話を切ってしまった。バス停近くのガードレールに腰をかけて、俺は遠藤が来るのを待つことにする。

普段は学校で顔を合わせている遠藤と夜に会うのはなんだか不思議な気分で、少し落ち着かない。

それから十五分くらいが経って、耳を劈《つんざ》くようなブレーキ音と共に勢いよく自転車が俺の前に滑り込んできた。突然のことに身構えていると、自転車に跨《またが》ったまま振り向いたのは見知った顔。

「……っ、おまたせ！」

頬を紅潮させて、息を切らしながらやってきたのは遠藤だった。

普段の遠藤からは想像がつかない姿に目を丸くする。急いできたのか前髪はくしゃくしゃになって持ち上がり、髪は後ろに束ねられている。服装も少し大きめな白いTシャツに、ショートパンツという組み合わせでかなりラフだった。

「ごめんね、急にっ！」

「……いや、ありがとう。来てくれて」

戻ることはできない過去を思い出して、少しだけ寂しさを感じていた。だから、遠藤が俺のためにわざわざ夜に自転車を走らせてきてくれたのだと思うと嬉しくて、感動がこみ上げてきた。

けれど電話越しでの会話とは違い、実際に遠藤を目の前にすると、思うように言葉が出てこなくて歯痒くなる。もう一度、ありがとうと伝えると遠藤はわずかに目を見開いた後、照れたように少し俯いて微笑んだ。

帰りが心配なため、遠藤の家の方まで送らせてほしいと頼んで、ふたりで夜道をゆっくりと歩いていく。

「今日どうだった？」

遠藤がなにについて言っているのかは聞かなくてもわかる。間違いなく賢人とのことだ。

「賢人の本音をちゃんと聞いてきた」

そして、ちゃんと好きでいてくれたと知れて気持ちが晴れたことや、賢人と和解したことを話した。これで今度こそ終わりだ。

「そっかぁ。よかったね、石垣くんにとって前向きになれる話し合いになって」

賢人のことになるとずっと避けていて、後ろ向きだった。でも今は遠藤の言う通り前向きになれて、区切りがつけられた。

会うまでは緊張と不安に押しつぶされそうだったけれど、今では心にのしかかっていた重たいものが全てなくなっている。

「遠藤、ありがとう」

「私はなにもしてないよ」

遠藤にとってはそうだとしても、こうして向き合えたのは遠藤のおかげだ。

「俺さ、ずっと自分のことがわからなくて怖かった。異性も同性も好きになったことがあるなんて変だって……だから遠藤の言葉に救われたよ」

たまたま同性を好きになっただけ。世の中にはたくさんの人がいて、誰を好きになっても自由だ。異性を好きになる人だけではなく、同性を好きになる人もいる。そしてそれとは別にどちらも好きになる人がいる。ただそれだけなのだ。

自転車を引きながら隣を歩いている遠藤が急に静かになった。そして、ぽつりと呟くような声が聞こえてきた。

「私も、あるの」

言葉の意味を理解するよりも先に、遠藤が黙っていてごめんねと言葉を続ける。俺は頭の中でゆっくりと反芻させながら、思いつめているような遠藤の横顔を見つめる。

私もあるというのは、俺と同じだということなのだろうか。

けど、つまりそれは――

「同性を好きになったことがあるってこと？」

俺の問いかけに遠藤は小さく頷く。

あまりの衝撃に声が出なかった。まさか同じ境遇の人が、こんなにも身近にいるとは考えもしなかったのだ。

もしかしたら、放課後の公園で俺に話そうとしていたのは、このことなのかもしれない。

「石垣くんの秘密を知ったときね、自分と同じ人がいるって知って嬉しかったの。私だけじゃないいんだって。……でも勇気が出なくて言えなかった」

遠藤の気持ちはよくわかる。きっと俺が逆でもすぐには言う勇気が出ないだろうし、自分と同じ事情を持った人がいると知れば、安堵と嬉しさがこみ上げてくる。

「こんな私を認めてくれる人なんていない気がして怖かったんだ。……石垣くんに言った言葉は、そんな私を肯定したくて言っただけなの」

「それでもその言葉を言われたとき、俺は嬉しかった。たとえ、自分のために言った言葉だったとしても、俺は遠藤がいてくれてよかった」

遠藤の言葉は俺の心にすっと落ちていく。それはきっと、同じ悩みを抱えていたからなのだろう。そのことを伝えると、遠藤は足を止める。

「……ありがとう」

その声は微かに震えていた。前方から来た車のヘッドライトが、弱々しく微笑む遠藤を照らす。

「このこと話すのは石垣くんが初めて」

言い終えた瞬間、遠藤に暗くて濃い影が落ちる。そして再び歩き始めると、俺の隣に並んだ。

俺も遠藤も、きっと人より少しだけ生きづらい。

異性だけを好きになる人が多い中で、俺たちは異性も同性も好きになったことがある。それを普通じゃないという人だっている。受け入れてくれる人ばかりではない。それなら言わずに秘密にしていたほうが傷つかなくて済む。けれど、誰にも言えない秘密があるというのは、時折苦しくなるものだった。

だから、こうして同じ秘密を持った遠藤と出会えた俺は幸せなのかもしれない。

「遠藤は、その人とはどうなった？」

「相手に彼氏ができたショックで一時期避けちゃったけど、友達だよ。最近はもう連絡取ってないけど」

「……友達、か」

「でも好きだったことを、これから先も伝える気はないよ」

懐かしむような穏やかな口調で、遠藤は中学生の頃の出来事を話し出した。

遠藤の好きだった相手は、いつも自分の傍で悩み事を聞いてくれた友達だったそうだ。

ある日その友達に彼氏ができてから、先に遠藤と約束をしていても彼氏を優先するようになってしまったらしい。

「彼氏ができたことを素直に喜べなくて……友達なのに、どうして祝福ができないんだろうって何度も考えて、行き着いた答えは〝私が男だったら選んでもらえたのかな〟ってことだったんだよね」

遠藤は女で、友達も女。今まで好きになった人は全員異性だったのに、その同性の友達のことばかり考えていたらしい。

その友達に対する嫉妬が恋愛なのか友情なのか曖昧なラインでしばらく悩んだけれど、あることをきっかけに想いは遠藤の中で明確になったそうだ。

「その頃ね、私とよく喋る男子がいて、それを見た子が言ったの」

──あの人から告白されたら、彩は付き合う?

遠藤はよく喋る男子ではなく、その友達のことを考えたらしい。そして付き合いたいという意味で、好きになっていたのだと自覚した。

「同性の友達のことが好きだなんて、誰にも伝える勇気なかったんだよね。だってさ、あの頃はそんな人、周りにひとりもいなかったから」

「……今はもう吹っ切れてんの?」

「うん。自分の気持ちに戸惑って避けちゃったこともあるけど、私にとっては過去の恋」

俺は友達として一緒にいることのほうが苦しくて、賢人に打ち明けてしまった。拒絶されることも怖いけれど、ひた隠しにして傍にいることが俺にはできなかったのだ。

でも違う選択もある。遠藤のように友達として付き合い、伝えずにいる人だっている。そう思うと、俺は自分の気持ちを押し付けてしまっていた。あの頃、賢人の気持ちに寄り添えていたら、あんな終わり方はしなかったかもしれない。

今更もっとこうしていたらなんて考えてしまうけれど、俺の恋愛も遠藤の恋愛も既に過去のものだ。今の遠藤には谷口がいて、新しい道を進んでいる。

「石垣くん。今日話したことは、お互い内緒ね?」

「わかってる。誰にも言わない」

俺は初めて遠藤の秘密に触れた。どこか人と距離を置いているように見えた遠藤が、今は近い場所にいるように感じる。

「突然だったのに来てくれて、ありがとう」

「私こそ、話聞いてもらえてよかった！　ずっと誰かに聞いてほしかったんだと思う」

先程よりも遠藤の声が明るくなり、表情が和らいだように見える。

少し強引に聞いてしまったかと思ったけれど、打ち明けたことによって遠藤の心が軽くなったのならよかった。

互いの話をし終えた俺たちは普段はバスで通っている道を並んで歩きながら、文化祭の話を交わしていく。

「試食会、もうすぐだよな」

「どんな味なのか食べるのが楽しみだなぁ。私、富士宮やきそばって初めてなんだよね」

「なら今度、どこかの店に食べに行って実際に味を検証してみるのもいいかもな」

富士宮やきそばを出している飲食店が近くにあるかもしれない。それに夏は祭りの時期だから、屋台で購入できる可能性もある。そんなことを考えていると、遠藤が肩を揺らしながら笑い出した。

「……え、なに」

「検証って、石垣くんが佐々倉くんみたいなこと言い出すから」

「まあ、最近一緒にいることも増えたし。ちょっとは影響受けているかもしれないな」

遠藤が楽しそうに笑うのを横目で見ながら、やっぱり谷口といるときは無理をしているのではないかと思ってしまう。少なくとも俺が見ている限りは、遠藤が今みたいに谷口の前で笑っている姿を見たことがない。

けれどこの和やかな空気を壊す勇気が出なくて、俺は言葉を飲み込んだ。遠藤が谷口に傷つけられるのを見たくない。それでも、遠藤自身が谷口を必要としているのなら、周りがなにを言っても効果はない気がする。

それから遠藤の家の近くに着くまで、話が尽きることはなかった。いつのまにか俺たちには共通の話題が増えていて、自分の中で遠藤彩という存在が大きくなりつつあるのを実感していた。

＊＊＊

六月の最後の週の水曜日。昼休みに俺たちは五人で会議をしていた。先生に許可をとって使用している空き教室は静かで快適な場所だ。机をくっつけて昼飯を食べながら、今週の土曜日に行われる第一回目の試食会について話し合う。

「材料は金曜日の夕方に届くことになっているから。冷蔵庫に入れる許可も貰ってる」

淡々と試食会に向けた準備について佐々倉が説明をしている横で、遠藤が机に置かれた過去のレシピと発注書を照らし合わせて確認している。

「佐々倉くん。三十食分注文したってことは、三回に分けて作るの？」

「いや、家庭科室のフライパンしか使えないから、十食は無理。だから三食ずつ分けて作るのが限界だと思う」

歴代の作り方では、やきそばは十食分を一気に作っていた。けれどそれは鉄板だからこそできた量であって、試食会のときは難しいそうだ。

「先生に聞いてみたけど、先輩たちも試食会では三食にしていたらしい。ただ、ヘラを使って感覚を掴めるように特訓していたそうだけど」

佐々倉はレシピの下にある紙を引き抜いて、俺たちに見せてくる。そこには備品のリストが載っていて、青いマークがついた項目は過去の先輩たちが揃えてくれたものらしい。ボウルや包丁セット、ヘラなどは、佐々倉が既に保存状況を確認した上で、使用するのは問題ないと判断したそうだ。

「試食会の準備はいいとして、あとは午前の話だな」

俺の言葉に遠藤が顔をわずかに引きつらせて、佐々倉は顔を顰めた。

やけに高井戸先生が今週の土曜日を試食会に推してくるため、どうしてかと思っていると、試食会が決定した直後に『午前中は教室でテスト勉強をして、終わってから試食会をして昼飯にしろ』と言ってきたのだ。

翌週から七月になり、木曜日には期末テストが始まる。テストの一週間前から部活動は休みのため、全員が揃って試食会と勉強会を同日にできるのだ。

高井戸先生の思い通りに動かされている感は否めないけれど、せっかくの機会なので俺たちは午前中から集まって勉強会をすることになった。

あくまで生徒たちの勉強会のため、先生はいない。そして当然教える側に立つのは、クラスでも成績がいい生徒たちになる。つまりは、特に成績のいいふたりがクラスの先生をやることになってしまったのだ。遠藤は学年で五位、クラスでトップだということが発覚し、佐々倉は学年で十位。そしてクラスでは遠藤の次に総合点が高いらしい。

「えー……本当に私たちが教えるの？」

どうやら遠藤は本気で自分が教える側に立つとは思っていなかったらしい。けれどクラスの人たちは遠藤たちに教わる気でいるし、高井戸先生もそのつもりなのだと思う。

「人に教えるのは得意じゃない」

佐々倉が困ったように言うと、沖島が噴き出した。そんな沖島に冷ややかな視線を向けながらも、佐々倉は諦めたようにため息を吐く。

「テスト範囲をまとめたプリントでも作るか……」

「佐々倉先生と遠藤先生にかかってるな」

「みんなのやる気次第だ。覚える気のないやつはつまみ出す」

佐々倉はストレートすぎる物言いが多いけれど、なんだかんだ面倒見がいい。期末テストが赤点になると夏休みに補講があるため、文化祭の準備に参加できなくなる可能性があるのだ。それを防ごうと、佐々倉なりに対策を考え中らしい。

試食会の話が一段落ついたところで、古松がそっと右手を挙げた。

「あの、これ……エプロンにワンポイントでいれてもいいかな？」

最初はなかなか意見が言えなかった古松も、今では控えめにだが言えるようになっている。Tシャツのデザインも決まり、エプロンの製作も順調で、細かいところに気がつく古松が丁寧に作業してくれていた。

「うん、いいじゃん。店舗のイメージとも合ってるし、カッコイイ」

「っ、ありがとう！　沖島さん」

沖島との相性もいいようで、外観と内装のイメージがぶれないように慎重に進めてくれているみたいだ。沖島が指揮をとっている看板も、デザインを高井戸先生に確認して、修正のやりとりをしているところらしい。

「遠藤さん、キャベツの件だけど値段交渉して少し安くなったから、値段表の確認を一応しておいてほしい」

佐々倉の方は、キャベツの件の交渉がうまくいったらしく、先輩たちと一緒に購入することによって安く手に入ることになった。最終的な数量確定に関しても、先生たちや先輩たちにアドバイスをもらいながらまとまりつつある。

「はーい、確認しておくね。あ、そうだ。佐々倉くんのグループの松木《まつき》さん、あまり体調よくないみたいだよ」

「わかった。あとで本人と相談して、今日の作業の進行を決める」

遠藤はクラスメイトたちのメンタル面や体調面などをよく見ていて、常に周りを見てフォローに入ってくれている。決定権を持っているリーダーというよりかは、困ったことや悩みがあるときの相談係のようで、クラスの精神的支柱のようになっていた。

俺は全体のスケジュール管理をして、状況に応じて微調整をしつつ、遠藤や佐々倉と相談してスケジュール進行を各グループに促《うなが》している。

遠藤がひとまず今日の昼の話し合いの終わりを告げると、各々デザートを食べたり、ジュースを飲みはじめる。真面目だった空気から和やかな雰囲気へと変わっていった。

こうして会議をするために集まったあとは、みんなでお菓子を食べて休憩するのが恒例となりつつある。

「思ってたんだけど、佐々倉って案外少食だよね。午後お腹空かない？」

「これぐらいがちょうどいいんだ。沖島さんはいつも僕の倍は食べているよな」

「いや、普通なんだけど。てかなに、そのうさちゃんシュークリームって」

佐々倉がコンビニの袋から取り出したのは、淡いピンク色のパッケージに可愛らしいうさぎのイラストが描かれているシュークリーム。おまけでシールがついているらしく、捨てる気がないのか机の上の資料の横に並べられている。

「可愛いだろ。中にあんこも入ってる。甘いもの好きにはたまらない」

堅物な佐々倉がうさちゃんシュークリームを絶賛しているのを見て、噴き出してしまう。メンバーそれぞれのいつもとは違った一面を知っていくにつれて、彼らとの些細な会話が楽しいと思うようになっていた。

「古松さんが食べてたら似合ってるけど、佐々倉とうさちゃんってギャップありすぎ。……え、てか古松さん、なに食べてるの?」

「あ、これ……柿の種」

古松と佐々倉のギャップが沖島のツボに入ったらしく、肩を震わせながら笑いだした。そんな沖島に古松はなにかしてしまったのかと狼狽えている。

「え、あの、私……辛いもの、好きで……その」

「古松さんも佐々倉くんもおもしろいなー。話してみると、みんな結構ギャップあるよね」

おもしろいと言われたのは初めてだったらしく、遠藤の言葉に古松は不思議そうな表情で首を傾げた。

「おもしろい……?」

「可愛いギャップってことだよー」

古松はギャップがあると言われたのは初めてらしく、照れくさそうに俯いてしまう。遠藤としてはそういうところも好きなようで、妹にでも接するように頭を撫でる。このふたりも相性がいいのか、最近仲が良さそうだ。

「それを言うなら遠藤さんもだろ。実は真面目で勉強できる」

「本当それ、意外だよね！　テストの点高くてびっくりしたんだけど」

「もうその話いいってー」

佐々倉と沖島が興奮気味にテストが返ってきたときのことを話し出すと、遠藤はそのときのことを思い出したのか恥ずかしそうに手で顔を覆う。

遠藤の成績を知ったクラスメイトたちは、意外だと大騒ぎだった。そして今度の勉強会で遠藤が教える側に立つことになったため、遠藤を先生と呼び出す男子もいるほどだ。

遠藤先生と呼ばれるたびに、遠藤は狼狽えながら顔を真っ赤にしてやめてと言って逃げていて、遠藤と仲のいい連中が止めてあげていたけれど、そのこともあって遠藤の印象がクラスの中で大きく変わったのだ。

「あ、でも石垣も意外だった」

沖島の発言によって今度は俺に話題が変わった。俺の場合、意外なところなんてあったか？　と考えてみるけれど、特に思い浮かばない。

「爽やかそうにしてるのに、結構冷たいし」

「え、俺だけ悪口になってない？」

「いやー、胡散くさそうな爽やかさだったけど、話してみると人間味があっていいなーってことだよ」

「だからそれ、微妙に悪口入ってる」

沖島だけじゃなくて、佐々倉や古松、遠藤まで笑っている。俺だけ良いのか悪いのかよくわからなかったけれど、みんな曰く今の方が接しやすいらしい。

でもまあ、思い返してみると最初は周りとうまくやっていくために、人当たりよく笑顔で過ごしていたと思う。けれど最近は副リーダーという立場もあって、自分の意見はちゃんと言うようにしているし、この四人には特に言いたいことを言っている気がする。

最初は不安しかなかったけれど、いつのまにかこのメンバーでいるのが過ごしやすくなっていた。

「そろそろ行こっか」

時間を見ると、昼休み終了十分前だったので、教室に戻るようみんなを促す。

片付けをしていると、廊下から賑《にぎ》やかな話し声が聞こえてくる。この部屋の外が水道なので、何人かの生徒が使っているみたいだった。

「つーかさ、お前彼女いるじゃん」

「あー、彩？　あいつ、もう捨てよっかな」

　普通なら特に気にしなかったけれど、会話の中の名前が引っかかって手を止める。俺以外のメンバーも同じだったようで、部屋の中は静まり返った。

「うわー、言うこと聞くからいいって話してたくせに。もう次の女に乗り替えるつもりかよー」

「だってあいつ、文化祭のリーダーとか張り切ってやってんだぜ。まじさむい」

　この声は間違いなく谷口央介だ。そして話しているのは彼女である遠藤のこと。

「俺は真壁みたいなちょっとワガママなくらいが可愛くて好きなんだよなー。彩はつまんねぇ」

　驚いた様子で目を見開いていた遠藤の表情に影が落ちていく。

「っアイツ！」

　部屋から出て文句を言いに行こうとした俺の腕を遠藤が掴んで、首を横に振った。阻止した遠藤に苛立ち、眉根を寄せる。

「なんで止めるんだよ」

「いいの。大丈夫だから」

「俺、遠藤のそういうところだけはわからない。なんであんな酷いこと言うやつとつき合ってんの」

「石垣」

止めようとする佐々倉を振り切って、遠藤を見つめる。

怒りもせず、諦めきった表情で谷口の話を聞いている遠藤が理解できなかった。

「あんな男、本当に好きなの？」

部外者の俺が口にしてはいけない言葉だとわかっている。けれど、ずっと遠藤に対して思っていたことだった。

誰から見ても谷口央介は酷い彼氏だ。気にくわないことがあると遠藤に当たり、言動からして彼女の遠藤を大事にしているようには見えない。

すると、ゆっくりと瞬きをした遠藤から大粒の涙がこぼれ落ちた。

その涙で我に返る。決めるのは遠藤なのに、俺は自分の気持ちを押し付けるような発言をしてしまった。

遠藤を傷つける谷口に対して腹が立つし、このまま一緒にいても遠藤が幸せになれるとは思えない。けれど、それでも遠藤が谷口と一緒にいることを望んでいるのなら、どうすることがいいのかわからない。

「好き、だったよ」

消えそうなくらい弱々しい声だった。

真っ赤になっている鼻と目にいっぱい溜まっている涙。子どもみたいに顔をくしゃっとさせながら泣いている遠藤は、俺の目を見つめて必死に訴えてくる。

「でも、もうよくわからない……。私、どうしたらいいんだろう」

遠藤自身も自分の気持ちに整理がついていないようだった。俺の発言が、遠藤の感情を堰き止めていたものを壊してしまったのかもしれない。

「……ごめん、遠藤」

「石垣くんの言うことは間違ってないと思う。……私のこと、もう大事になんてしてくれてないってわかってるの。……だけど肝心な言葉が言えない」

俺ばっかり遠藤に話を聞いてもらって、遠藤が抱えた悩みに気づけなかった。少し考えれば、谷口とうまくいっていないことくらいわかるはずなのに。

教室で谷口が遠藤を馬鹿にするような発言をしただけではなく、きっと俺らが知らない場所でも、谷口からの言葉や態度で遠藤は傷ついていたはずだ。

「わ、私！　ち、中学三年の頃……いじめられてたの」

重くなった空気の中で古松が大きな声を上げた。

「本屋でラノベ買ってるところを、クラスの女の子たちに見られて……」

話が突然切り替わったので戸惑っている俺たちに、古松は最後まで聞いてほしいと頭を下げた。

古松にどんな意図があるのかはわからないけれど、人と話すのが苦手な古松が一生懸命伝えようとしてくれている言葉に、俺たちは耳を傾ける。

「女子なのに……そういうのに興味があるんだって笑われたの」

見つかってしまったのは、所謂《いわゆる》スクールカーストの上位の女の子たちだったそうだ。露出度の高い女の子のイラストが表紙のライトノベルを買っていた古松を、女子なのにそういうのに興味があるのかと言って嗤《わら》った。

そして、その話はじわじわと広まってクラスの中でもネタのようにされて、ふざけてカバンの中を漁られることもあったらしい。

「毎日辛くて……クラスの人が怖かった。誰も私の言葉なんて聞いてくれない。……きもいって聞こえるように言って嗤ってくるの」

それから古松は人と関わるのが怖くなっていき、教室へもあまり行けず、保健室登校になってしまったそうだ。

「だ、だから……私、内装リーダーになったとき、最悪だって思ったんだ。っでも！　今は違うよ！　私にとって変わるチャンスだって思ってるの」

古松は遠藤の空いている手を掴んで、潤んだ目で必死に訴えかける。

「そう思えるようになったきっかけのひとつは、遠藤さんみたいに頑張りたいって思ったからなの」

「え……私？」

「リーダーって人の上に立って命令しないといけないんだって思ってて……でもみんなの前で、力を貸してくださいって言ってくれた遠藤さんを見て、こういうやりかたもあるんだって知れて……私もこんな風に頑張りたいって思ったんだ」

ぎこちなく、少し歯がゆそうに想いを伝える古松は目に溜めていた涙をぽろりと零した。

「っだから、悔しい！　遠藤さんをあんな風に陰で笑ってる人がいるのに、なにも言えなくて……ごめんなさい」

古松は自分の気持ちを変えてくれた遠藤が傷つけられているのを見て、守りたかったんだ。けれど守る術《すべ》が分からなくて、歯がゆさを感じながら必死に想いを伝えたのだろう。

自分のために泣いてくれた古松に微笑みかける遠藤は、涙声で「ありがとう」と返した。

「私も谷口には腹立つ。石垣が行こうとしなかったら、私が行ってたかもしれないし」

「石垣も沖島さんも血の気が多いな。今ふたりが行ったところで、遠藤さんを困らせるだけだろ」

冷静な佐々倉の意見はもっともで、俺があの場で廊下に出て谷口を怒ったところで解決にはならないし、遠藤を困らせるだけだ。

悔しいけれど、怒りにまかせて相手を責めるのは、気に入らないことがあると遠藤を責める谷口と変わらない。

「じゃあ、どうすればいいわけ？」

不服そうな沖島に、佐々倉は呆れた様子でため息を吐く。

「そこは遠藤さんがどうするのかを決めることで、僕らが決めることじゃない」

「佐々倉冷たすぎ」

「周りが口出すと余計に拗《こじ》れるだろ。僕らは遠藤さんの話を聞くくらいしかできない」

冷たいように聞こえるけれど、佐々倉の言っていることは正しい。下手に口を出して拗れさせると、遠藤が大変な思いをする。

「それなら、なにかあったら俺らに話してほしい」

俺にできることはこのくらいだ。遠藤がひとりで溜め込んで苦しくなる前に、吐き出してほしい。

「みんな、ありがとう」

遠藤は少し落ち着いてきたのか、涙を拭いながら柔らかな表情で微笑んだ。

自分の気持ちを整理するために、もう少しだけ谷口とのことは考えたいそうだ。いくら酷いことを言われていたとはいえ、好きだった相手だ。そんなにすぐに割り切れるものではないはず。

廊下に出ると既に谷口たちの姿はなく、俺たちは五人で教室へと戻る。隣を歩く遠藤の目はほんのりと赤いけれど、もう涙は引いていて、いつものように明るい口調で話して笑っている。

この笑顔の裏側で遠藤は、いろんなことに耐えてきていたのかもしれない。

試食会当日、朝の九時から集まった俺たちは机をくっつけて、勉強をしたい教科ごとにグループを作った。

数学が得意な佐々倉が主に理数系を教えてくれるそうだ。数学に関しては、テスト対策用のプリントを作ってくれたらしい。

一方遠藤は、それ以外の現代文や世界史などの科目でわからないことがあれば、教えてくれるそうだ。

俺は数学を教えてもらうために、教室の後ろの方に集まっている佐々倉の方のグループの隅の方の席に座る。

早速配られた数学のプリントは、学校で渡されるような完成度で驚いた。どうやらパソコンで作成して、先生の許可を貰って職員室で印刷をかけたらしい。

そのプリントの問題を解きながら、黒板側に集まっているグループを見やる。

「遠藤先生！　ここ教えてください！」

「はいはい、遠藤先生！　いや、俺の方が先に手ぇ挙げた！」

「えーっと、ちょっと待って。先に乃木くんの質問に答えるねー」

質問された内容に関して、遠藤が黒板に書いて説明をしているみたいだった。始まる前は落ち着かない様子だったけれど、今は時折楽しそうに笑っている。

谷口との問題はあれからどうなったのだろう。本人は至って平然としているけれど、あのとき泣きながら口にしていたのは、ずっと堪えていた本心のはずだ。

「見すぎ」

「は？」

隣に座っている沖島がからかうような笑みを浮かべながら、持っているシャーペンを黒板側に向ける。そして俺にしか聞こえないくらいの声量でこっそりと伝えてきた。

「さっきから遠藤さんのことばっかり見てるのバレバレ」

今見たばっかりだと反論したくなったが、したところで逆効果な気がした。沖島は完全におもしろがっている。

「……谷口とのこと、どうなったんだろうって思っただけ」

「ああ……あれね。私が彼女だったらぶっ飛ばしてる」

思わず、だろうなと口にすると沖島が苦笑した。沖島は結構衝動的に行動をするタイプで、思っていることが顔に出やすい。だからこそ、今まで人間関係がうまくいかなくて、人と距離をとる道を自分で選んだのだろう。

「そんなにいい子でいて、どうするのって思ってたんだよね。だって、いい子でいたら好かれやすいかもしれないけど、都合よく扱われるじゃん」

沖島の言う通り、現に遠藤は谷口にいいように扱われている。それなのに遠藤は谷口の酷い言葉にも反論をせずに笑顔で返して、谷口が他の女子と親密になっても文句も言わない。

「でもさ、いつも笑顔でいるからって、傷ついていないわけじゃないんだよね」

「……そうだな」

遠藤は基本的にニコニコしていることが多い。けれど、俺たちはあのときに遠藤の内側に溜めていた感情を知った。表に出さないからといって、なにを言われても、なにをされても平気なわけではない。

「ちゃんと解決できるといいけど」

遠藤を見つめている沖島の横顔は、心配しているようだった。俺らの目の前にゆらりと影が落ちる。見上げると、腕を組んだ佐々倉が俺と沖島のことを見下ろしていた。

「私語厳禁」

俺たちを見張るように椅子を近くに持ってきた佐々倉は、ストップウォッチをポケットから取り出して、何故か時間を計り出した。

「え、なにそれ」

「そのプリントを五分以内に解くように」

顔を引きつらせる沖島に佐々倉が冷たく言い放つ。俺と沖島は顔を見合わせた後、すぐにプリントに向き合い、必死に問題を解き始めた。

十一時半になったところで、勉強会を切り上げる。この後は試食会だ。勉強から解放された俺たちはやきそばを食べられることに浮かれながら、家庭科室へ向かった。

けれど、その浮ついた気持ちは一気に引き締められることになった。家庭科室に着くと、すでに高井戸先生と数名の先生たちがいたのだ。

どうやらこの試食会は生徒たちだけではなく、先生たちも味の確認をするらしい。

「貸し出せるのは、片付け含めて二時までだからな。テキパキ動けよー」

高井戸先生に急かされるように、俺たちは準備に取り掛かる。まずは三食分だ。

先輩たちが作ったレシピを確認しながら、冷蔵庫から出した食材をテーブルに並べる。

実際に包丁を使うのは家でも料理をしているという人たちが担当し、ヘラを使って炒める作業は力がある人が行う予定だ。

俺や遠藤たちリーダーは、全体を見て指示を出す側のため、作業ではなく時間を計ったりサポートをする側になっている。

「三ミリってこのくらい？」

「ちょっと太い気がする」

まずはキャベツを三ミリほどの千切りにしていくのだが、実際に切ったキャベツを定規で佐々倉が測りだした。さすが佐々倉、準備がいい。大体の太さがわかったところで、キャベツの千切りを進めてもらう。

もう一方のまな板では、静岡の店から取り寄せた薄茶色の肉カスを小分けになった袋から出して、包丁で刻んでいく。

「脂っぽいにおいがする」

沖島が眉根を寄せながら、刻まれていく肉カスをまじまじと見つめている。確かにこの辺りに脂のにおいが充満している。

「あの、これ……本物のお肉じゃなくて、脂のカスなんだって」

古松の言葉に、近くにいた男子たちが驚愕して集まってくる。

「まじかよ！　肉って偽物じゃん！」

「脂なのにうまいのかよ……」

名前に肉とついているけれど、これは豚の背脂や豚バラなどをラードにしたものの残りだ。それを油で揚げると肉カスというものになるらしい。旨味が詰まっていて、富士宮やきそばには欠かせないものみたいだ。

「ちょっと、古松さんびっくりしてるって」

「あー、ごめんごめん！」

身を乗り出すようにして会話に入ってきた彼らに気圧されている古松を庇うように、沖島が前に立つ。男子たちが手のひらを合わせて古松に謝罪すると、古松がほんの少し微笑んで首を横に振った。

「大丈夫だよ。……沖島さんも、ありがとう」

以前なら微笑むことすらできずに俯いていそうなのに、古松は明るくなった。クラスの男子たちも、古松が話をすることが苦手なのを理解して接しているようで、少しずつだけど距離が縮まってきているように思える。

あとは計量カップの中で顆粒の鶏がらスープの素を水に溶かしていく。これは麺を炒めるときに使うものだ。

キャベツと肉カス、鶏がらスープの準備が整ったところで、いよいよフライパンを熱する。小さじ三分の一くらいの量のラードを、大きめのフライパンに入れて伸ばしていく。そこに刻んだ肉カスを投入した。

ひとりがフライパンの柄の部分を持って固定し、もうひとりがヘラをふたつ持って、少しぎこちない手つきで肉カスを炒めていく。

「これ、麺炒めるの大変かもしれないな」

「慣れてないとやりづらいよなぁ」

やはり使い慣れていない道具はやりにくいらしく、当日に炒める役割の人は練習が必要のようだ。俺の横では、問題点を佐々倉が細かくメモをとっていく。あとで五人での話し合いのときに今日の反省点などを話し合わなくてはいけないため、佐々倉は書記のような役割をしてくれている。

肉カスから油が出たところで、千切りにしたキャベツを入れて炒めていく。少ししなっとして、色が濃くなれば火が通ったので、一旦白い丸皿に移す。本来なら、鉄板の隅に寄せておくらしいが、今回はスペースがないため皿に避難させることになった。

次にほぐした麺をフライパンにのせて、上から鶏がらスープを注ぐ。この麺も肉カス同様取り寄せたもので、スーパーで売っているような普通の麺よりも少し太めだ。

大きめのフライパンを使用しているので、麺が溢れることはないけれど、慣れないヘラで三食分を一気に炒めるのは大変そうだ。

けれど、本番で十食分を一度で作ると考えると、今以上に力も必要になるだろう。作っている男子たちは真剣な表情で麺をほぐすように炒めていて、額には汗が滲んでいる。

「そろそろ肉カスとキャベツ入れてー」

遠藤が白い丸皿を持って、フライパンの方へ寄せていく。麺全体に鶏がらスープが馴染めば、先ほど炒めていた肉カスとキャベツを麺の上に載せる。そして少し蒸らしてスープがなくなってきたら、具と麺を絡ませるように交ぜる。

「誰かソース取って」

富士宮やきそばを注文した際についていた専用のソースを、全体に馴染ませるようにかけていく。その瞬間、家庭科室に香ばしい匂いが広がった。

しっかりと炒めた後に、去年の余りで残っていたというプラスチックのパックに一人前のやきそばを、ヘラを使って詰めていく。これもスムーズに一人前分入れていくのは、なかなか難しそうだった。

「あとは削り粉をかけて、完成っと」

削り節を粉末状にした削り粉も必須アイテムらしい。それを最後にふりかけることによって、俺たちの学校でずっと作り続けてきた富士宮やきそばが完成する。

初めて完成した一人前の富士宮やきそばに拍手が起こる。大変だったのは実際に作っていた生徒たちだが、見守っていた側も初めての作業に緊張していた。レシピ通りの味になっているだろうか。

まずは歴代の味を知っている先生たちに一口ずつ試食してもらう。その様子を俺たちは固唾《かたず》を呑んで見守りながら、感想を待つ。

一口食べて何度か咀嚼《そしゃく》した後、高井戸先生が少し難しい顔でぽつりと呟く。

「旨い、けど……ちょっと水気が多いな」

その言葉に他の先生たちも頷く。どうやらソースを入れるタイミングが早かったようだ。鶏がらスープがまだ残っている状態でソースを投入したので、水気のあるやきそばになってしまったらしい。

フライパンに載っているやきそばを小皿に取り分けて、俺たちも各々試食していく。

見た目も匂いも、普通のやきそばと変わらない。それなのに一口食べて、味の違いに目を丸くした。

太めの麺はもちもちで、ソースはあっさりとしていてしつこくない。けれど削り粉の風味と混ざることによって深い味わいになる。肉カスも、本当はラードの残りだなんて信じられないくらい肉の風味と存在感があって、香ばしくて旨味が凝縮されている。

「いつも食べてるのと全然違くない？」

「肉カス、すげぇな！　これすごい旨い！」

遠藤と仲の良い市瀬や、土浦たちが興奮気味に話している。これが売れるのわかると言い出す彼女たちに、高井戸先生が薄く笑ったのが視界の端に見えてしまった。

勉強会をさせることも大事だったのだろうけれど、テスト直前に試食会をしたのは、普段は部活やバイトに、あまり参加できない生徒たちにも食べさせることが目的だったのかもしれない。

現にどうしても外せない用事があるというふたりの生徒以外は今日参加しているのだ。食べれば、富士宮やきそばに対する思いが確実に変わる。こんなに美味しいやきそばを文化祭にきた人に食べて欲しい。

やっぱり俺たちは高井戸先生の手のひらの上で転がされているな。

思い通りに動かされている感じに悔しさはあるけれど、でもそのおかげで俺たちは今こうして再びやる気が起きている。

「遠藤?」

やきそばを食べて固まっている遠藤を不思議に思って声をかけると、我に返ったように瞬きをしてから小さく笑った。

「こんなに美味しいやきそば、初めてでびっくりしちゃって……」

「俺も驚いた。売れる理由がよくわかる」

遠藤は家庭科室を見渡して、今にも泣き出しそうな表情で噛み締めるように呟く。

「私、ここにいることができてよかった」

文化祭の準備が始まり、まとめ役という立場になって、きっと俺も遠藤も目まぐるしく日常が変わった。そして、日常だけではなくて自分自身の変化もひしひしと感じている。

振動音が聞こえて、視線を向ける。近くのテーブルに置かれたピンク色のケースに入った携帯電話の着信だった。確かそれは遠藤のものだ。

時折遠藤がそちらに視線を向けているので、着信に気づいているようだった。

「残りの二四食分も作らないとな」

「うん!」

遠藤が楽しげに目を細めて笑う。その心の奥でなにを抱えているのか、俺は聞くことができないまま笑い返した。

そしてこの日、三十食分全てを作り終える頃にはみんな疲れ切っていた。先生たちからは、キャベツの千切りの細さが揃っていないと指摘されたり、脂が多すぎると言われたり、削り粉をかけすぎだと言われることもあった。

シンプルなレシピだが、なかなか思い通りには作れなかった。

今回の反省点を洗い出して、作り方を整理した上で改善策を練るという、佐々倉らしい締めの言葉で第一回目の試食会は終わった。

◇かけ抜けていく夏

七月の上旬に無事に期末テストを終えて、中旬には答案用紙が返却された。

結果はあまり変わらない人もいれば、上がった人もいて、次のテストではまたみんなで勉強会をしたいという声もある。

勉強ができても、褒められるわけではない。そう思っていたけれど、私は自分が必要とされている気がして嬉しくなってくる。

全てのテストの返却が終わり、四限目が終わった直後にクラス内が解放感に包まれた。

「もー、あつーい！　化粧落ちる〜！」

爽南が下敷きで扇《あお》ぎながら、足をバタつかせる。今日は真夏日らしく、日中は三十度を超えるそうだ。教室はかなり蒸し暑く、天井に備え付けられている扇風機ではあまり涼しさは感じられない。

「てか、彩の半袖初めて見た」

史織が私の袖口を指先で軽く引っ張る。長袖のワイシャツの袖を折って着ていたけれど、ここ数日で一気に暑くなったため今日から半袖のワイシャツデビューをした。

「さすがに暑くってー」

「だよねぇ。夏休みって集まるんだよね？　暑いの耐えられるかなぁ」

もうじきやってくる夏休みでは、第二回目の試食会が行われる予定だ。他にも作業のために来られる人は週に何度か学校へくることになる。

「遠藤、行ける？」

石垣くんに呼ばれて、お昼ご飯と打ち合わせ用の資料を持って、立ち上がる。

「じゃあ、行ってくるね～」

「いってら！　がんばれ」

爽南たちに見送られて、石垣くんたちと教室を出る。

五人で文化祭の会議をするために、週に二度ほど昼休みに空き教室へ向かう。私はこのメンバーで過ごす時間がお気に入りだ。爽南たちと過ごす時間も楽しいけれど、この四人の和やかな雰囲気に癒される。

「夏休みは必ず全員が出られるわけではないし、共有のためにグループごとに進行表を作って、毎日記入していくのがいいかもしれないな」

「じゃあ、進行表作りよろしく。佐々倉」

「沖島さんは僕を助手代わりに使いすぎ」

「頼りにしてるってことだって」

佐々倉くんと沖島さんの会話に笑ってしまう。ふたりは文化祭に関する意見で衝突することもあるけれど、打ち解けているように見える。

廊下を進んでいくと、行き交う生徒たちの中に央介と真壁さんを発見した。

六月の末に行われた第一回目の試食会のときに、央介から連絡が来ていた。試食会が終わってから連絡を入れると、返事はこなかった。そのまま私たちは一度も会話を交わしていない。何度連絡をしても一方的に無視をされている。きっと電話に出ずに、試食会を優先した私に央介は腹を立てているのだろう。

親密そうなふたりの雰囲気にそろそろ振られるのかなと考えていると、央介が不自然に片方の口角を上げて私に声をかけてくる。

「そいつ、女なのに美少女オタクでいじめられてたんだろ?」

「え?」

央介に指差された古松さんは目を大きく見開いて、硬直していた。前に古松さんが話してくれた中学でのいじめに関して、どうして央介が知っているのかはわからない。けれど、明らかに悪意を感じた。

「なんのつもり?」

隣にいる沖島さんが睨みつけると、央介は口元を歪めて楽しそうに笑った。

「本当のこと言っただけだろ。まじでキモいよなー」

「そういうのやめろ、谷口」

「あ？　別に石垣に迷惑かけてねーじゃん」

喧嘩が始まってしまいそうな石垣くんと央介を止めている佐々倉くんに、「遠藤さんも止めて」と言われたけれど、私は言葉が出てこなかった。

どうして央介はこんなことを言うのだろう。きっと古松さんが今標的にされているのも、私とよく一緒にいるからだ。

胃に不快感と痛みを感じて、唇を噛み締める。

央介は私のなにが気にくわないのだろう。引き金は、この間の電話の件だろうか。こんな風に私の周りを傷つけるようなことをするのではなく、私に直接文句を言ってほしい。

「ねー、私のこと覚えてる？　古松さん」

「ぁ……真壁さん……」

「よかったぁ。同じ中学なのに忘れられてたらショックだもん。私、古松さんのことすぐわかったよー？　美少女好きのあの古松さんだって」

真壁さんはわざとらしく大きな声で古松さんに声を掛けている。古松さんの目ににじわりと涙が滲んだのが見えて、私の中でなにかが切れたのを感じた。

「……さい」

心臓の鼓動が速くなり、体の内側から熱がせり上がってくる。馬鹿にしたような笑い声にも、人を傷つける発言にも、うんざりした。

「なんだよ、彩」

「うるさい！」

「は？」

央介は私の発言を理解できなかったのか、かたまっている。

脳裏に浮かぶのは、前に古松さんが頑張って自分の過去の話をして、私に想いを伝えてくれた日のことだ。

私のために泣いてくれた古松さんを傷つけるようなこの状況が許せない。

「こういうのやめてよ。私の友達を傷つけるようなことしないで」

「……どこが？　意味わかんねーんだけど」

「嫌がってるのもわからないの？」

古松さんが嫌がっているのは見ればわかるはずだ。央介も真壁さんも、何故この空気が理解できないのだろう。

「意味わかんねー」

「本気で言ってる？　本気だとしたらどうかしてるよ」

「はあ？　お前馬鹿のくせして、なに偉そうなこと言ってんだよ！」

私の態度と発言が癇《かん》に障ったのか、央介が胸ぐらに掴みかかってきた。

こんな時だけど私の頭はひどく冷静で、もう戻れないのだろうなと思った。でも躊躇うことはなかった。

「恥ずかしいと思わないの？」

「お前、調子乗んなよ。お前みたいなやつが文化祭張り切ってる方が恥ずかしいだろ」

この人の目に映っているのは、彼女の遠藤彩じゃない。きっともうとっくに気持ちなんて離れてしまっていて、央介の中では私はただの馬鹿な女で都合が良かっただけなのだと痛感する。

「だっせぇよなぁ。青春ごっこして、マジでキモい。あんなん頑張っても無駄だから」

「……央介にはそう見えていても、私は楽しいよ」

「お前みたいな馬鹿がリーダーでクラスの連中だって絶対迷惑だろ。いい加減気づけよ」

青春ごっこをしているように見えたっていい。努力や準備を積み重ねて、すこしずつ形になっていくのを見て、私は毎日充実している。それにクラスのみんなと過ごす日々が今では楽しいって感じている。

無駄なことなんかじゃない。誰かにとって馬鹿らしくたって、私たちには馬鹿らしくなんてないんだ。

「谷口が言っているのは精神的な馬鹿？　それとも学力的な馬鹿？　学力なら遠藤さんっ

て学年五位だけど」

「は？」

少しずれているような気もしたけれど、佐々倉くんの発言は央介にとって衝撃だったらしく、私の胸ぐらを掴む手がわずかに緩んだ。

「いい加減にしろよ。谷口」

「つるせぇな！」

石垣くんが央介の手を私から離そうとすると、央介が舌打ちをして私を突き飛ばすように手を離した。

その衝撃で体勢を崩して床に倒れこんでしまう。肘を打ち付けてしまって少し痛んだけれど、今はそんなことどうだってよかった。

「いいよ、捨てても」

央介を見上げる。歪んだ表情で私を睨んでいて、この人はこんな顔をしていたっけとぼんやりと考えた。

「私のこと、捨てたいんでしょう？　もう捨ててよ」

「は……？　だから意味わかんねぇし」

「央介って都合が悪くなるとそればっかり」

意味わかんないと言って逃げるか、八つ当たりをして逃げる。まともに話し合う気なんてなくて、反省する気もないのだろう。

それならはっきりと伝えて終わりにしよう。

「じゃあ、私から言うね。……別れてください」

央介の顔が一瞬だけ、悲しそうな子どもみたいに見えた。けれどもう後戻りはできない。

私にはいつもなりたいものがあった。子どもの頃に憧れたのは、お花屋さんやテレビの中の女の子たち。でも、本当は好きな人に好きになってもらえる人になりたかった。

両親の愛情が弟の方にばかり注がれていることに気づいてから、自分のことを想ってくれる人を欲していた。けれどいつもうまくいかなくて、また寂しさを抱えていた時に央介が告白をしてくれた。

嬉しかった。好きだと言ってもらえて、私を見てくれて、幸せだったんだ。好きだった気持ちに偽りはない。でもいつのまにか好きよりも我慢の方が上回っていた。

「今までありがとう」

央介は苦々しい表情を浮かべたまま、なにも言わずに私の横を通り過ぎていく。

取り残された真壁さんが困惑したように央介を呼んだけれど、央介が立ち止まることはなかった。真壁さんは私を睨みつけるように見た後、すぐに央介の後を追って行く。

ふたりが去ったのを見届けると、私は緊張の糸が緩んで一気に力が抜けていった。

「遠藤、大丈夫？」

「……うん」

かなり注目を集めてしまっていたので、ひとまずいつもの空き教室へと避難した。

先ほどの件があったせいで空き教室に入っても、私たちの間に流れる空気が重たい。すると、この空気を割くように古松さんが頭を下げた。

「あ、あの……庇ってくれてありがとう。私のせいで、ごめんなさい！」

古松さんのせいではない。悪いのは古松さんを傷つけようとしたあのふたりだ。

「私の方こそ、みんなを巻き込んでごめんね」

「なんで？　遠藤さんは悪くないでしょ。それより怪我は？」

沖島さんが心配そうに赤くなっている私の肘を見て、保健室に行こうかと聞いてくれた。

その優しさに鼻の奥がツンと痛む。

別れがくるとわかっていたけれど、いざ終わってしまうと精神的に少し不安定になってしまっているみたいだ。

力なく床に座り込み、頬に涙が伝っていく。

「遠藤さん!?」

「ご、ごめん……なんか終わったんだなぁって思って」

もう央介と連絡を取ることも、昼休みにご飯を食べることも、放課後にデートをすることもない。それでいい。だけど全てなくなるんだと思うと、ほんの少しの寂しさと、やっと終わったという安堵感があった。

「時間なくなっちゃうよね。ちょっと待って、泣き止むから……っ」

話し合う時間とお昼を食べる時間がなくなってしまうので、切り替えようとしたけれど涙が止まらない。すると佐々倉くんが「今日くらいはサボろうか」なんて言ってくれて、みんながうなずいた。

「じゃあ、今日の昼は遠藤が話したいだけ話す会ってことで」

「いいね。愚痴りたいだけ愚痴っちゃえ。私らなんでも聞くから」

みんなの優しさにますます涙が止まらなくなっていく。こんなに優しくしてもらっていいのだろうか。私、迷惑ではないのかな。

「話せることだけでいいよ」

そう言って石垣くんが床に腰を下ろした。他のみんなも石垣くんに続いて床に座る。

耳を傾けて聞いてくれる人がいる。受け入れてくれる人がいる。それはとても幸せなことで、我慢の糸で頑丈に巻きつけて抑え込んでいた気持ちが紐解《ひもと》かれていく。

「……私ね、ずっと好かれたかったの。一番に想われたかった」

――これは彼氏だった央介にも家族にも言えなかった私の気持ち。

お母さんは弟ばかりを可愛がっていて、私はずっと寂しかった。いつもお姉ちゃんなんだからと言われて、幸弥の姉としてしか見られていない気がしていた。

中学二年生のある日、お母さんが叔母さんと電話している声が聞こえてしまった。

『あの子ってつまらないのよ。真面目すぎちゃって。勉強はできるけれど、それだけっていうか……幸弥はねぇ、手がかかるけれど……そうなの。手がかかる子ほど可愛くって』

つまらない。その言葉が頭の中で何度も流れる。私は息苦しさに耐えながら部屋に駆け込んだ。ベッドの脚下に蹲るように座り、頬から流れ落ちる温かい涙をこするように拭っていく。

私には勉強しかない。お母さんはそう言っていたけれど、違うよ。ただ褒めてもらいたかっただけ。

小学生低学年の頃、私は初めてテストで満点をとった。

『彩、すごいわ！　満点だなんて！』

テストを見せたときに目を輝かせて喜んでくれたお母さんは、私のことを抱きしめてくれた。それは温かくて、優しくて、私は縋りつくようにお母さんの背中に腕を回した。

『彩は私の自慢よ』

嬉しくて、もう一度抱きしめてもらいたくて、私はまた褒めてもらえるように勉強を頑張った。けれどそれ以来、抱きしめてもらえることはなかった。

お母さんの電話を聞いてしまったあと、暖房もつけずに寒い部屋で泣いていたからか、私は風邪を引いてしまった。咳き込むたびにお母さんは、幸弥にはうつさないようにとピリピリしていた。

三十八度の熱が出ていた私はひとりで部屋にこもっていると心細かった。ベッドの上に置いていたクマのぬいぐるみを抱きしめて寂しさを埋めていく。

浅い眠りにつき始めた頃、部屋のドアが開き、お母さんがベッドの前に座った。

『彩、具合は大丈夫？　熱は少し下がったかしら』

心配そうな表情で私の額に触れて、そっと撫でてもらえたことに泣きそうになる。

『お母さん……』

『幸弥の試合の応援に行ってくるわ。キッチンにおかゆ作ってあるから食べてね』

お母さんの手が私の額から離れていく。

待って、行かないで。そう言って引き留めたかったけれど、伸ばした私の手は離れていくお母さんには届かなかった。

静かに部屋のドアが閉まる音を聞いて、乾いた笑いを零す。幸弥が熱を出したときは、私のピアノの発表会に来てくれなかった。

もうわかっていた。お母さんは私よりも幸弥のほうが大事。

可愛がってくれるときだってある。優しくもしてくれる。でも幸弥のほうが大事。

私は一番にはなれない。

勉強を頑張っても、家の手伝いをしても、お母さんは幸弥の方ばかり見ている。

それから、私は誰かに想われたいって気持ちが強くなっていった。

「中学の頃、一番仲が良かった友達だけが私のことをわかってくれるって思ってた。……でもその子にも彼氏ができて、私との約束を破ることがあったんだ」

友達の枠に特別な想いを抱いていたことは石垣くん以外には伏せながら、当時のことを話す。大好きで大切だったけれど、彼女にとっての一番が私じゃなくなったことがわかり、どんどん私の気持ちは不安定になっていった。

「だからね、高校で央介に好きだって言ってもらえたとき、本当に嬉しかったの」

この人もきっと心移りをしてしまう。傷つくのが怖くて、最初から諦めながら付き合っていた。少しの間でも私を好きでいてくれるのなら、それでいい。

「けど、今思えば間違っていたのかもしれないね……」

私はどこから間違っていたのだろう。そもそも央介と付き合うときも、もう少し時間をかけてお互いを知ってからにした方がよかったのかもしれない。

「合わなかったってだけでしょ」

沖島さんの言葉に、俯いていた顔を上げる。

「付き合ってみないとわからないことだってたくさんあるし、別に間違うことは悪いことじゃないでしょ」

それなら私のこの恋愛も悪いことではなかったのだろうか。央介に嫌われることが怖くて、当たり障りのないことばかり言ってしまっていた。きっとそれも央介にとっては不満だったのだと思う。

「遠藤はさ、誰かに大切に思われたいんだよな」

石垣くんは私の目の前に座り直して、優しげな眼差しを向けながらゆっくりと口角を上げた。

「俺は遠藤のこと大切だよ」

貰った言葉が心の中で緩やかに波紋を描いていく。嬉しい気持ちを噛み締めていると、止まりかけた涙が再び溢れ出していった。

「自分を好きになってくれる人を選ぶんじゃなくて、自分が大切にしたい人を遠藤が選べよ」

「私が……選ぶ」

「恋愛とか友情とかそういう形は置いておいて、遠藤にとって今一緒にいたい大切な人って誰？」

私は誰が大切なんだろう。

そう考えて思い浮かんだのは、文化祭の準備を通して一緒に過ごした彼らだった。

「選んでいいんだよ」

石垣くんのことがもっと知りたい。話がしたい。沖島さんや古松さん、佐々倉くんとも一緒にいたい。爽南や史織たち、クラスのみんなとももっと仲良くなりたい。

「私……っ、クラスのみんなと一緒にいたい」

そう答えると、四人は嬉しそうに笑ってくれた。

たくさん話して、気がすむまで泣くと、お腹が鳴ってしまった。笑い合いながら、そろそろお昼ご飯を食べることにした。

立ち上がった石垣くんが床に座っている私に手を差し出してくれる。その手に、ゆっくりと手を伸ばす。

前に占い師の人が言っていたことが、ふと頭を過った。

――貴方の運命を変える出来事が起こるわ。その時が来たら、その人の手を取りなさい。私の運命を変えてくれる人は、もしかしたらこの人だったのかもしれない。恋愛とか友情という形に縛られず、大切だと思う存在。

初めて私の秘密を打ち明けた人。そして、きっとこれからも秘密を共有する人。

＊＊＊

学校帰り、バスのドアに反射して映った自分を見つめる。

央介が望んでいた遠藤彩という姿。甘めなピンク系のアイシャドウに、明るめの髪をゆるく巻いて、短めのスカート。

じゃあ、私が望む遠藤彩はどんな姿だろう。

自分で選んで決められる。本当はずっとそうだったはずなのに、私は周りの顔色ばかり見ていた。けれど今は誰の顔色をうかがうこともなく、自分の好きにしていいんだ。

そう思うと気持ちが軽くなって、髪色を変えようなんて考えながら心を躍らせた。

翌朝、朝食の準備をしていたお母さんが私の姿を見て、大きな声を上げた。

「どうしたの、彩！」

私が髪の毛を明るくして巻き始めたときも同じようなことを言っていたけれど、黒染めにして巻くのをやめても驚かれてしまうみたいだ。

「心機一転」

「……なにかあったの？」

あったといえばあったけれど、もう私の中では整理がついたことだ。寂しさはきれいさっぱりなくなったわけではないけれど、新しい私になれた気がして、普段よりも気分が高揚している。

「変えたかっただけだよー。だから大丈夫」

心配ないよと笑いかけると、お母さんは訝《いぶか》しげにしながらも、それ以上は聞いてこなかった。一日で急に変われるわけではないけれど、髪色や髪型を変えることによって、違う自分になれている気がする。

なりたい自分に近づけていけるように、これから私は私らしく頑張っていきたい。

学校へ行くと、クラスメイトからはなにがあったのかと詰め寄られた。やっぱり前の私とはだいぶイメージが違うみたいだ。

「え、なに？　イメチェン!?」

「遠藤さん、黒髪のほうが似合う！」

あまりにもみんなが反応してくれるので恥ずかしかったけれど、褒めてもらえるのは嬉しい。もらえる言葉が私にとって自信になっていく。変えてみて良かった。

自分の席に着くと、今度は爽南や史織たちのグループに囲まれた。文化祭の準備で忙しかったので、こうして仲のいい女子のグループで集まるのは久しぶりな気がする。

「彩、さっき聞いたんだけど央介と……」

「うん、別れた」

「……大丈夫なの？」

爽南たちの間では央介との喧嘩のようなやりとりも広まっているらしく、心配もされたけれど、私の気持ちはむしろ前向きになっているので、悪い方向ではないのだと伝えるとほっとしてくれた。

「忙しくてみんなに話せてなくてごめんね」

「そんなの気にしなくていいよ。彩、リーダーで大変なのはうちらもわかってるし。でも、なにかあったらいつでも言ってよ？」

「溜め込まないでね、彩」

私は自分のことばかりで気づけてなかったことがたくさんある。爽南や史織たちに央介のことをもっと早く相談していたら、きっと真剣に聞いてくれていた。

好かれたい。嫌われたくない。そんなことばかり考えていた私は、文化祭を通してみんなの前で自分の想いを伝えたときに変われた気がしていた。でも根本的なところは変われていなくて、結局は誰かに相談することを躊躇っていたんだ。

相談することで、自分の内側のダメな部分を見られることを恐れていた。でももう今なら大丈夫な気がする。

「みんな、ありがとう。今度は恋愛相談、乗ってくれる？」

冗談めいた口調で言うと、爽南たちが高い声を上げながら騒ぎ出す。

「え、ちょ、もしかして新しく好きな人いるの!?」

「だれだれ！」

どうやら誤解されてしまったらしく、私を置いてきぼりにして盛り上がってしまっている。

「もしかして石垣くん!?」

「違うってー！　今は好きな人いないから」

リーダーと副リーダーで一緒に行動することが多いからか、石垣くんの名前が挙げられてしまい、慌てて否定する。

「でもかっこいいよねー、石垣くん」

史織が、窓際で土浦くんと喋っている石垣くんに視線を向ける。私もその視線を追うように石垣くんを眺めながら、随分と変化した私たちの関係を思い返す。

少し前なら、こんな風に誤解されることすらないただのクラスメイトだった。それなのに、今ではなにかあれば話がしたいと真っ先に頭に浮かぶのは石垣くんだ。

私たちは友達で、それ以上でもそれ以下でもない。けれど、いつのまにか石垣くんは、私にとって特別な人になっていた。

＊＊＊

それから夏休みに入り、私たちのクラスでは八月の初めに家庭科室で、二回目の試食会を行った。前回よりもスムーズに作れて、高井戸先生からも美味しくなったと言ってもらえた。ただ、パックに盛り付けるときにどうしても麺がはみ出て汚く見えてしまったり、やきそばの炒め方があまり美味しそうに見えないと指摘され、そこも特訓することになった。

お盆休みが終わった八月の中頃、私たちは学校に集まって作業をしていた。

私は爽南たちを手伝うことになり、イメージ図を見ながら屋台の横の小さなイートインスペースを組み立てていく。実際には外に設置するものの、一旦教室でイメージ通りに造れるかを見た上で、写真を撮って改善点などを話し合うことになっている。

「市瀬さん、少し縫《ぬ》い目が粗い」

「えぇー！　そんなわかんないって」

爽南がふたりがけの長椅子に敷く黒い布の縫い代《しろ》の処理をしていると、中指でメガネのブリッジを持ち上げた佐々倉くんがじっくりと観察をしながら指摘した。

「ほつれやすくなるし、もう少し間隔を狭めて縫ったほうが綺麗に仕上がる」

「佐々倉くん、細か！」

厳しいチェックをされながらも、佐々倉くんに時折質問をしながら爽南が手縫いをしていく。入学当初は基本的にひとりでいた佐々倉くんも、今ではクラス内で常に誰かしらに頼られる存在になっている。

「あの、どうかな……？」

黒の腰エプロンに、それぞれのイニシャルのワッペンを古松さんがつけてくれることになり、それが完成したらしい。

「おお！　かっこいいー！」

先日届いたばかりの黒のクラスTシャツを着て腰には黒のエプロン姿の古松さんを見て、みんなが感嘆の声を上げる。

古松さんがくるりと反対を向くと、背中には白字でクラスのメンバーの名前が印字されている。届いた物を見ていたけれど、実際に着ている人を見ると、いよいよ文化祭が近づいてきたのだと実感して、みんなのモチベーションも上がっていく。

「こっちもできたよ！」

廊下で作業していた沖島さんたち外観グループが大きな横看板を抱えて、教室へ入ってきた。沖島さんがパソコンでイメージを作成し、外観グループの人たちが手作業で丁寧に作り上げた横看板が一ヶ月かけて完成したようだ。

黒の背景に白で『富士宮やきそば』と筆文字風で書かれ、朱色で模様が描かれている。それに加えて、金色のスプレーが施されていてキラキラとしていた。

「すごい！　かっこいい！」

「古松さん、隣立って！」

本番の格好をしている古松さんが横看板の横に並ぶ。動画の中で見た先輩たちの姿と重なり、頬が熱を帯びて胸が弾む。

「古松さん、こっち向いて」

佐々倉くんは真面目な表情で携帯電話を構えて、撮影を始めた。古松さんは戸惑いながらも照れくさそうに佐々倉くんの指示通りに後ろを向いたり、ぎこちなくポーズを取る。あまりにも色んな角度で撮るので、怪しい人みたいとみんな声を上げて笑いだす。

「私にもその写真ちょうだい」

「クラス内で撮った写真は、思い出アルバムとして共有する」

沖島さんと佐々倉くんの会話に、古松さんがぎょっとした顔で慌てて「それは恥ずかしい！」と顔を赤くして抗議する。周りの人たちも写真が欲しいと言い出して、思い出アルバム作ろうよなんて話題で盛り上がっていく。

「このクラスでいられるのって、あと半年くらいなんだよな」

私の隣にやってきた石垣くんが楽しそうに笑っているクラスの人たちを眺めながら、寂しげに呟いた。

そうだ。このクラスでいることができるのは、一年生のうちだけだ。二年生になれば、クラス替えがある。

「せっかく仲良くなれたのにね」

終わりたくない。このままこのクラスでいたい。文化祭の準備をみんなでして、笑い合って、時々衝突もして、そんな日々がかけがえのないものだと実感する。

「……忘れたくないいな」

このクラスで文化祭を通して知った感情や出来事を、このままずっと心に残していきたい。いつか過去になってしまっても、大切に心の中に仕舞っていたい。

「忘れないよ」

石垣くんがはっきりとした声で答えた。古松さんたちを眺めていた石垣くんが私の方に振り向く。私は吸い寄せられるように、真っ直ぐな瞳と視線を合わせる。

「俺にとって、忘れられないくらい濃い時間だから」

忘れられない。石垣くんの言う通り、それくらい私たちの毎日は充実している。青くて眩い時間が乱反射したような鮮やかな日々を、きっと私は大人になっても思い出す。

「私も同じ」

私が笑うと石垣くんも同じように笑い返してくれる。

心に温かくて優しい感情が滲んで、少しだけ泣きそうになった。終わりが来る。そのことは寂しいけれど、悔いのないように過ごしていきたい。

人に伝える勇気を出せたあの瞬間や、痛みと秘密を共有できる存在がいたこと。些細なことで笑いあったり、時には意見がぶつかったり、楽しさだけではないけれど全てをひっくるめて青春だったと思える。その空間に今私は立っているのだ。

他のクラスの様子を視察しにいくと、廊下でファッションショーに使うドレスの仮縫いをしている生徒たちがいる。モデルになっている女子は凛とした佇まいで、見惚れてしまう。当日は自分たちの作業に追われるかもしれないけれど、できたら他の出し物も見てみたい。

少し廊下を歩いていくと、縁日をテーマにしている店舗の生徒たちが水色や赤の法被《はっぴ》と浴衣を着て、どの衣装にするか話し合っていた。その光景を遠くから眺めていると、高井戸先生と鉢合わせた。

夏でも高井戸先生の肌は相変わらず青白くて不健康だ。むしろ夏バテしているようにも見えるくらい。そのうえボサボサの髪に、ヨレたTシャツを着ていて、心配になってしまう。

「暑いから無理すんなよ」

「わかってるってー！　さっきみんなでアイス休憩したもん」

「俺の分は？」

「残念、品切れですー」

たくさん買ったはずだから、もしかしたら一本くらいは残っているかもしれない。残っていたら先生にも届けに行こう。

「お前が一番変わったな」

「え？　ああ、黒髪になったもんねー」

「そうじゃなくて、中身の話」

　高井戸先生に改めて言われると、なんだか照れくさくて視線を逸らしてしまう。私はいい方に変われているのだろうか。

「なんで遠藤たちをリーダーに選んだのかって聞いてきたことあるよな」

「え、うん。リーダーに向いていない理由がないから、でしょ？」

「まあ、そうだな。それと、お前たちが人と上手くやれるきっかけになったらいいって思ったからだよ」

　いつもは無気力そうに見える高井戸先生の考えを聞いて、少し驚いた。都合がいいとか、できそうだとかそれだけじゃなかったようだ。

「お前らは、人と距離を置いているように見えたんだよ」

　最初はこの五人が選ばれたことが不思議だった。けれど私も、石垣くんも、古松さんや沖島さん、佐々倉くんもタイプは違うけれど、みんなどこか他人と距離があった。

「……やきそばを選んだのはどうして？」

　結構強引に、高井戸先生がやきそばに決める流れに持っていったように思っていた。そこにも意味があるように感じて、少し気になった。

「俺が前に受け持っていたクラスも、やきそばを担当していたんだよ。最初は衝突もあったし、大変だったけどな。でも終わった頃には目に見えて成長がわかった」

昔のことを話す高井戸先生の表情からは、受け持ってきた生徒たちのことが大切なのだろうなと伝わってくる。

「大変なことを乗り越えたときの達成感ってのを味わうのは、価値のあることだ。だから、お前たちにもそうなってほしいって、ただの俺のエゴ」

「じゃあ、そのエゴのおかげで私は今楽しいってことだね」

目を丸くしてきょとんとした表情をしている高井戸先生に笑いかける。

「きっかけをありがとう。先生」

もしも私がリーダーじゃなかったら、みんなの前で話すことなんてなかったかもしれない。石垣くんや沖島さんたちとも、きっとここまで親しくなっていなかったはずだ。

最初はなんで私がって思って、不満だったし不安だった。でも今は私を選んでくれた先生に感謝している。

「そうだ！　文化祭の動画ってさ、先生が作ったんでしょ？」

「あー……あれな」

去年の文化祭の様子をまとめた動画のエンドロールで、編集のところに高井戸先生の名前が書いてあった。私や石垣くんは全体の打ち合わせの時、あの動画を見てやる気になったし、クラスの人たちも、あの動画を見たから興味を持ってくれた人もたくさんいる。

「卒業した生徒に言われたんだよ。動画を残したほうがいいって」

高井戸先生はその生徒に言われてから、毎年動画を編集して残すようにしているらしい。

私たちの作業風景も時折動画を撮っているのを見かけるので、自分たちのも動画化されるのだと思うとわくわくした。

「そういえばその生徒もやきそばの屋台のリーダーやってたな。いつも先を見て行動してるすごい生徒だった」

「高井戸先生がそんな風に言うなんて、本当にすごい人なんだ」

「預言者かってくらい、いつも的確なこと言ってたんだよ」

私とはまったく違った形のリーダーの人だったみたいだ。私の心情を察したかのように、高井戸先生は「遠藤とはまったく違うな」と言ってニヤリと笑う。

「私はそんな風にはなれないし、わかってるよー」

「むしろあいつは周りと衝突してばっかりだったぞ。正しいことを言っても、周りと上手くやれるとは限らないからな」

「そうなの？」

「反発する生徒も多かったんだよ。そういうのを何度も繰り返して、ようやくお互いのことを理解して、最後にはうまくいったけどな」

先を見通せて、仕事ができる人でも、周りと衝突することやうまくいかないこともあったんだ。毎年みんな様々な悩みがあって、成功させるために頑張っている。

今の私は動画の中の生徒たちのように、キラキラした青春の中で一生懸命になれている のだろうか。

「遠藤、お前がリーダーでよかったよ」

「でも私リーダーっぽいことできていないよ」

「上に立つわけではなくて、みんなと同じ位置に立って進行ができる遠藤だからついてい ってくれる人がいるんだ」

私が私のままでいいのだと言ってもらえている気がして、胸の奥にじわりと温かな感情 が湧く。

人に好かれたかった。大事に思われたかった。そして、私も誰かを大事にしたかった。

今の私にはクラスの人たちがいて、なにかあれば私の相談に乗ってくれる。大事にされ ていると実感するし、私もみんなのことが大事だ。

私はいつのまにか、なりたい私になれていたのかもしれない。

「ああ、あと富士宮やきそばに俺が拘ってたのは、自分も学生の頃にやったからだな」

「え、もしかして先生って卒業生？」

「十四年前にここの学校で富士宮やきそば作ってた」

〝十四年前〟という言葉にあることを思い出した。佐々倉くんが見せてくれた資料に書いてあった富士宮やきそばの歴史。たしか始まったのは、ちょうどその頃のはずだ。

「もしかして高井戸先生たちが富士宮やきそばを始めたの⁉」

身を乗り出すようにして聞くと、高井戸先生が肯定するように口元を緩める。

まさかこの学校で富士宮やきそばを始めた生徒たちの中に、高井戸先生がいたなんて思いもしなかった。

「先生の学生時代って想像つかないなぁ」

私の中で先生は大人で、私たちとは違う場所に立っている。そんな人がかつて自分たちと同じ場所にいたということが不思議だった。

私が興味津々なことに気づいたのか、想像なんてしなくていいと苦い顔で言われてしまう。少しだけ先生が身近な人に思えて、本当は詳しく聞きたいけれど、これ以上は話してくれなそうだった。

「残りの準備も、頑張れよ」

高井戸先生は軽く手を振って、去っていく。その背中を見送って私は高井戸先生とは反対方向へと、小走りで向かって行った。

◆苦い記憶は残暑に溶かして

八月の下旬、遠藤や佐々倉たち四人と八王子の夏祭りに行くことになった。どうやら富士宮やきそばを出している店舗があるらしい。

俺たちは自分たちが作ったものしか食べたことがなかったので、いいヒントや刺激をもらえるかもしれないという話になり五人で食べに行くことになった。

待ち合わせは夕方の六時なので、昼間に遠藤と集まって文化祭用の提出資料を記入する予定だ。外は暑いし、夕方の待ち合わせ場所からも近いため、遠藤が俺の家に来ることになった。

遠藤から着いたと連絡が入り、マンションのエントランスへ迎えに行く。

外へ出ると、肌を纏っていた冷気が外の蒸し暑い熱気に塗り替えられていった。今日も三十度を超える真夏日らしい。

エントランスに行くと、つばの大きい麦わら帽子をかぶって黒のワンピースを着ている遠藤が立っていた。派手な茶髪から黒髪になった姿は見慣れてきたけれど、普段とは違う服装の遠藤は大人っぽく見える。

「お待たせ」

声をかけると遠藤が柔和な笑みを浮かべた。エントランスを抜けてエレベーターに乗ろうとしたところで、中から出てきた人物と出会《でくわ》して心臓が飛び跳ねた。蒸し暑いことも忘れたように背筋がヒヤリとして、指先が微かに震える。

「麻菜……」

久しぶりに会った幼馴染の麻菜は、肩までだった髪の毛が鎖骨あたりまで伸びていた。同じマンションに住んでいるとはいえ、鉢合わせそうになると俺の方が逃げるように避け続けていた。そのためこうして会うのは、あの日――賢人とのことを知られて拒絶されて以来だった。

「な、んで……？」

絞り出すように声を出した麻菜は、俺ではなく、隣にいる遠藤を見ている。

「だって渉くんは、女の子じゃなくて……」

「麻菜？」

「っ、私……それで諦めたのに」

遠藤から俺に視線を移し、泣きそうな顔で訴えるように見つめてきた。『女の子じゃなくて』の続きは察しがつく。

「男が恋愛対象たって麻菜は思ってたんだな」

「そう思うでしょ。あんな……っ、あんな現場見たら！」

俺と賢人が手を繋いでいたのを見た麻菜は全身で拒絶していた。気持ち悪いと泣きながら顔を歪めていた。

「それなのになんで……女の子と付き合ってるの」

麻菜の言葉に対し、返答に困ってしまう。遠藤が彼女というのは誤解だけれど、恋愛対象は男だけではない。けれどそのことを麻菜に説明するのは躊躇う。

「あ……もしかして、あれってふざけて手を握ってただけ？」

「違うよ。……本気で付き合ってた」

「なに、それ……それなのに次は女の子と付き合ってるの？　変だよ！」

目が合った瞬間に、やっぱり麻菜には受け入れてはもらえないのだと悟った。

向けられた潤んだ瞳が、拒絶されたときと重なる。あれから少し時間が経ったとはいえ、俺たちの溝は埋まらない。

麻菜の中で同性も異性も恋愛対象の俺は〝変〟なんだ。わかっていたことなのに、心が沈んでいく。深く暗い部分に落ちてゆき、重たい泥に飲まれて息苦しくなる。どうして俺は周りの人にとっての〝普通〟になれないのだろう。

「誰が誰を好きだろうと自由だよ」

その言葉に俯きかけた顔を上げる。言葉を発したのは、ずっと黙って俺らのやりとりを見守っていた遠藤だった。

するとと麻菜は理解できないというように顔を歪める。

「自由って……っ、だっておかしいよね？　貴方知らないの？　渉くんは男と」

「その価値観は貴方のものであって、私や石垣くんのものではないよ」

麻菜の言葉を遮り、遠藤がはっきりと告げる。

俺も遠藤もわかっている。麻菜のような考えの人だって世の中にはたくさんいるはずだ。理解してほしいだなんてただのエゴかもしれない。

「麻菜、傷つけてごめん」

先ほどからの言動を見ていると、麻菜が拒絶したのは俺が同性と付き合っていたからというだけでなく、俺に対して特別な感情を抱いてくれていたからなのかもしれない。

麻菜は泣きながらなにか言いたげに遠藤を見つめた後、走ってマンションを出て行った。

立ち尽くす俺の隣で遠藤がエレベーターのボタンを押した。点灯した上矢印のボタンを眺めながら、ごめんと謝る。

「多分遠藤のこと彼女って誤解してる」

「石垣くん」

顔を上げると、遠藤が口元を緩めて目を細めた。

「私、今石垣くんをひとりにせずにいられてよかった」

きつく結んでいた拳《こぶし》から力が抜けていく。そして視界が歪んで滲んでいった。

「……っ、ありがとう」

俺も遠藤が傍にいてくれてよかった。

情けないほど涙が溢れ出てきて、それを必死に手で拭っていく。エレベーターが到着して乗り込んでからも、涙が止まらなかった。

すると遠藤が濡れている俺の手を掴んで、包み込むように強く握り締める。

「私も石垣くんも、きっとこれからもこういう苦しい気持ちを抱えていくんだと思う」

「……うん」

たとえ次は異性と付き合ったとしても、同性を好きになった事実は消えることはなくて、拒絶された記憶も深く残り続ける。

「でも私たちは間違ってない。人を好きになっただけだもん」

遠藤の言葉に頷きながら、また大粒の涙がこぼれ落ちていく。

「だから悪いことだなんて思わないで」

それは俺の心の奥底にあった感情を見透かされたような言葉だった。俺は賢人との日々を大事に思っていたし、好きになったことを後悔はしていない。でも心のどこかで、同性に恋愛感情を抱いたことを悪いことのように思っていた。

俺は、ずっとその言葉がほしかった。たとえ相手が同性だったとしても、人を好きになることは悪いことではない。

「遠藤……っ、ありがとう」

俺はこの人がいなかったら、傷ついたままひとりで泣いて、また自分の殻に閉じこもっていたかもしれない。きっと俺自身が、自分を受け入れることができないままだった。

「あっ！　石垣くん……」

なにかに気づいたように遠藤が顔を引きつらせて、エレベーター内の右側にずらりと並んでいる数字のボタンを指差す。

「押し忘れてる！」

「えっ、あ……本当だ！」

どうりでなかなか着かないわけだ。遠藤と顔を見合わせて笑っていると、自然と涙が引いていった。

俺の中で遠藤が一番の理解者で、支えてくれていて、特別な存在になっている。けれどこの感謝の気持ちをどう本人に伝えればいいのかわからないまま、遠藤の手が俺の指先から離れていった。

＊＊＊

肌に纏わりつくような外の熱気が嘘のように、冷房が効いた家の中は涼しくて快適だ。薄い白のレースカーテンによって焼けつくような日差しが遮断されているため、隙間から漏れる柔らかい光が部屋に差し込んでいる。

リビングにあるガラス製のローテーブルの前に座りながら、目の前の遠藤を見やる。資料を広げながら、シャーペンで項目を埋めていく遠藤は時折眉を寄せたり、なにかを思いついたように表情を明るくする。

家の中では、先ほどの話には触れなかった。なんとなくあの話を再びする雰囲気ではなかったということもあったけれど、夕方になり母さんが仕事から帰ってきたからだ。

それに、締め切りが迫っているものを片付けなければならない。

特に今日やらなければいけないのは、鉄板などの機材をレンタルするために必要な申請書と、先生たちに危険がないと示すために予め《あらかじ》作り方や材料の保管方法などをまとめた紙の記入だ。九月の頭に提出のため、あと数日しか残されていない。

遠藤が文化祭の資料の件で佐々倉に聞きたいことがあるといって、廊下に電話をしに行く。するとダイニングテーブルでノートパソコンを広げていた母さんが、俺の横までやってきて小声で話しかけてきた。

「友達が来るって聞いてたけど、びっくりしたわよ！　女の子だなんて！」

麻菜ちゃん以外の女の子がくるなんて初めてじゃない！　と言って笑う母さんに、どう返していいものなのか迷い、苦笑した。

母さんはなにも言ってこないけれど、俺と麻菜が疎遠になったことは気づいていると思う。けれど、その理由まではおそらく知らないだろう。

母さんには俺の秘密については言えない。家族だから、大事な存在だからこそ、全てを打ち明けることはできない。

母さんがしきりに遠藤のことを可愛い子だと言ってくるので、彼女じゃなくてクラスメイトで文化祭の打ち合わせで一緒にいるのだと改めて説明をする。

それでも、なんとなく伝わっていないように感じるのは、やけに母さんの顔がにやついているからかもしれない。

「……遠藤の前で変なこと言うなよ」

「はいはい、ごめんなさいね。あんまり息子の恋愛に口を出すのもよくないわよね」

そういえば、賢人と付き合うようになる前から、母さんとは恋愛話を一度もしたことがない。気恥ずかしいという理由が大きいけれど、父さんのこともあって、そんな話をするタイミングなんてなかった。

電話を終えた遠藤が戻ってくると、母さんは口元を緩めながら遠藤に紅茶を飲めるか聞いている。

母さんと話している遠藤を見つめながら、俺は遠藤にどう思われているのだろうと考える。最初は間違いなく互いに苦手だった。

嫌われていないのはわかるけれど、今の遠藤にとって俺は、少しでも身近な存在になれているのだろうか。

テーブルに置いていた携帯電話を見ると、土浦からメッセージが届いている。中を開くと、今日の夏祭りの誘いだった。

どうやら土浦はクラスの女子たちから誘われたらしく、俺にも一緒に来てほしいらしい。

俺は遠藤たちと祭りに行く約束があるから無理だと送ると、速攻で返信が来た。

『遠藤さんとって、もしかして付き合ってんの？』その言葉にため息が漏れそうになりながら、佐々倉や沖島、古松もいることを告げると、土浦はつまらなそうに『なんだ』と返してきた。

そして、少し間を置いてから、『うまくいくといいな』と送られてきたため、画面を見ながら暫く硬直してしまう。

土浦は俺が遠藤を好きだと勘違いしているらしい。……いや、勘違いとは言い切れないと、返信を打とうとする手を止める。

〝誰が誰を好きだろうと自由だよ〟

彼女の言う通り、相手が同性だろうと異性だろうと、誰を好きになっても自由。

俺のこの感情も同じように自由だ。友達としても人としても大切で、俺にとって必要な相手。けれど、たった一言で説明できるような感情ではなくて、今はまだ伝える勇気が出なかった。

＊＊＊

夕方の六時になり、八王子駅へ行くと人で溢れ返っていた。そのほとんどの人たちが浴衣を着ている。

俺も遠藤も祭りらしい格好はしておらず、遠藤は麦わら帽子に裾が広がっている黒のワンピース姿で、俺は深緑のサマーニットと黒のスキニーというラフな服装だ。

待ち合わせ場所の改札前のデジタルサイネージの前には、既に他の三人も揃っていて、誰ひとり浴衣を着ている人はいなかった。

あまりの人の多さに圧倒されつつも、人の波に流されるように北口の方へと五人で足を進めていく。

「さっき下見をしてきたけど、向こう側に富士宮やきそばの店舗があった」

俺の隣を歩いている佐々倉は、白のポロシャツにダークグレーのチノパンを穿いていて、私服でもカチッとしている。

すると、佐々倉の斜め前を歩いている沖島が驚いたように声を上げた。

「え、下見!?」

「目的地がわからずに五人で歩くのは、ただ時間を消費するだけだろ」

「さすが佐々倉」

黒のキャップ帽をかぶった沖島は、白の大きめのTシャツとワインレッドのレザースカートを組み合わせている。そして足元は網ソックスと、底が分厚い黒のスニーカー。相変わらずよく目立つ格好をしている。

「古松さんは、逸《はぐ》れないようにね」

「だ、大丈夫っ!」

沖島にからかわれるように言われた古松は、声を弾ませながら答えた。祭りが楽しみなのか、周囲をきょろきょろと見回している。

古松の服装は、白地に紺色のストライプが入った清楚な雰囲気のワンピースで、髪を後ろでひとつに纏めているからか普段よりも明るく見える。

「ねー、途中でかき氷とかも食べたいー!」

「遠藤さん、それは目的を達成してから」

駅のエスカレーターを下り、左側に進んでゲームセンターや本屋を通過して、進んでいくと甲州街道《こうしゅうかいどう》へたどり着いた。普段は車が行き来しているこの場所も、今は交通規制がかかっているらしく、赤の三角コーンで道が塞がれている。木彫りの彫刻が橙色の灯火によって浮かび上がり、山車が男の人たちの掛け声と共に道路を進んでいく。そしてその道路を挟むように歩道にはずらりと露店が立ち並んでいた。

「いい匂い！　ね、古松さんはなに食べたい？」

「えっと……冷やしきゅうりっ！」

遠藤に再び〝目的〟と注意をしようとした佐々倉が、古松の冷やしきゅうり発言には驚いたのか、口を手で隠しながら肩を震わせて笑い出す。

沖島は突然立ち止まると、腹を抱えて笑いはじめた。笑いのツボに入ると止まらないらしく、人の迷惑にならないように道の端っこに引っ張っていく。

「で、佐々倉。どうする？　先に目的地？」

笑い終えたらしい佐々倉に聞いてみると、目を細めて首を横に振った。

「まずは古松さんの望む冷やしきゅうりからにしよう」

「えっ！　あの、私……っ」

自分の意見が優先されると思っていなかったのか、古松は顔を真っ赤にしながら、かなり戸惑っているみたいだった。

「そうしよー！　冷やしきゅうりはじめて〜！」

「私も賛成」

　遠藤も沖島も乗り気で佐々倉の意見に賛同したため、俺たちは富士宮やきそばを食べる前に、冷やしきゅうりを人数分購入する。そして甲州街道から逸れた路地裏で食べることになった。

「パックとかに入れられてるのかと思ったら、チョコバナナみたいな見た目なんだねぇ」

　遠藤の言う通り、丸々一本のきゅうりに割り箸が一本刺さっている。見た目は祭りでよく見かけるチョコバナナみたいだ。

　一口食べてみると、名前の通りよく冷えていて、浅漬けにされているためほんのりと塩味があって美味しい。

「古松さんは好みが渋いな」

「あ、えっと……変、だよね」

「別にそうは言っていない」

　きゅうりを咀嚼しながら眉根を寄せて首を傾げる佐々倉の腕を、沖島が肘で突《つつ》く。

「佐々倉の言い方は誤解されやすいんだって」

「沖島さんだけには言われたくないな」

　誤解されやすいふたりの会話に、遠藤が確かにと言って笑い出す。そして、困惑した様子の古松の頭を軽く撫でた。

「誰かに変って言われたことがあるの?」

遠藤の問いに、古松が小さく頷く。

「お母さんが……私の好みは変だって」

古松はおばあちゃんっ子で、昔からおばあちゃんの家で食べていたお菓子やご飯が大好きなんだそうだ。そのことについて母親には、変な好みだと言われることがあるらしい。

「美味しいのにね」

遠藤の言葉に古松は目を見開くと、嬉しそうに微笑む。

味の好みやライトノベルの件のことを考えると、今まで古松は誰かに否定をされることが多くて、萎縮してしまうようになったのかもしれない。

「俺は、みんなで集まるときに違うお菓子が揃うのも新鮮でいいけどな」

五人の会議が終わると、俺たちは甘いお菓子をよく食べる。その後は古松の持ってきてくれた柿の種で口直しというのが、最近の定番になっている。

「そうそう！　自分じゃ買わないやつを食べてみて、美味しいって発見があったりね」

そういえば、沖島が一番古松の柿の種を食べている。それでよく佐々倉に遠慮がないと指摘されて、口喧嘩をしているのだ。

「あの、みんな……ありがとう」

古松が笑うと、空気が和やかになる。こうして自信がなさそうなときもあるけれど、古松は変わった。前よりもよく笑うようになって、クラスの人たちとも話すようになっている。自分から意見を少しずつ出せるようにもなってきたようにも思える。

この文化祭が古松にとっていい変化をもたらしている気がした。きっと高井戸先生もそれが狙いなのだろう。

冷やしきゅうりを食べ終えた俺たちは、再び甲州街道へ戻る。佐々倉に道案内をしてもらいながら露店を進んでいくと、オレンジ色の看板に白ふちがついた黒文字で『富士宮やきそば』と書かれている。

湯気の上がった鉄板で、頭にタオルを巻いた二十代くらいの若いお兄さんが大量の麺を炒めていた。ヘラを扱う動きが素早くてかっこいい。

店の前で立ち止まった俺たちに気づくと、「いらっしゃい！」と声をかけてきた。捩《ねじ》り鉢巻きをしている四十代くらいのおじさんが会計の場所に立って、数を聞いてきた。

「五つで」

「はいよ。焼きたてを用意するから待ってな」

具材とともに炒められていた麺に、ソースがかけられていく。鉄板の上で蒸発する音がして、一気に香ばしい匂いが辺りに広がっていく。すると立ち止まる人が数人いた。

お兄さんは煽るように大きくヘラを動かして、麺とソースを絡めていく。立ち上る蒸気と匂いに生唾を飲む。

手際良くパックにやきそばを詰め込むと、上から削り粉をかけて蓋が閉められる。輪ゴムでとめたやきそばと割り箸を五つ分手提げ袋にいれてから、俺に渡してくれた。

ひとつ五百円のため、二千五百円をおじさんに手渡して、俺たちは再び人通りのない路地へと行く。

それぞれに渡ったことを確認してから、熱々の富士宮やきそばの蓋を開けると、ソースの匂いが鼻腔を擽《くすぐ》る。割り箸で一口分をとり食べてみると、俺らの知っている味だけど、どこか少し違っていた。

「美味しい！」

遠藤をはじめ、沖島や古松も口々に美味しいと言う。けれど佐々倉だけは、難しい顔をしている。

「美味しいけど……僕らの作っているのとはどこか違うな」

見る限り、具材はキャベツと肉カス、削り粉で同じだ。けれど、なにかが違う。

「試食会で作ってるやつって、鉄板じゃないからかも」

沖島が割り箸で一口分のやきそばを持ち上げながら、まじまじと見つめる。

「多分、私たちが作ってるのってもうちょっと味が薄いというか……香ばしさが足りない。焼き加減が甘いんじゃない？」

言われてみると、俺たちが試食会で食べている富士宮やきそばはもう少し薄い。けれど祭りの富士宮やきそばは、鉄板で勢いよく焼いていて、麺にも味が染み込んでいるのだ。

「屋台のお兄さんは、やきそばを煽るようにして炒めていたよな。フライパンと鉄板だと焼き加減が変わるんだと思う。焼き時間の調節が必要かもしれない」

　俺の言葉に頷いた佐々倉は、食べるのを一旦中断して携帯電話のメモを取り出す。けれど、味は俺たちが作った富士宮やきそばとほとんど同じなため、あとは細かい作り方だ。

　初めて屋台で作られている富士宮やきそばを見て、俺たちは店の見せ方や作業する流れをスムーズにするための配置なども話し合う。

　削り粉をかけるときの場所や、パックをどこに置けばスムーズに麺を詰められるかなど、実際に目にしたことによって、気づけたことがたくさんあった。

　富士宮やきそばを食べた後は、みんなで少し露店を回って、かき氷やイカ焼きなどを買って食べ歩く。

　隣を歩いていた遠藤が急に立ち止まる。目を見開いて硬直しているため、なにかと思って視線の先を辿っていくと谷口がいた。

　こちらには気づいていないようだったが、派手な見た目をしている男たち数人と喋っている。確か谷口とよく一緒にいる同じ学校のやつらだ。

　遠藤は少し気まずそうに俯いていた。おそらく鉢合わせたくはないのだろう。

　ちょうど近くにお面の露店があったので、猫のお面を買って遠藤の顔に被せた。突然のことに戸惑う遠藤が、顔に被せられたお面を確認するように両手で触れる。

「えっ、ちょ、石垣くん？」

「こうしたら見えないから」

遠藤は手を止めて、お面をしたまま俺のことを見上げた。小さくくり抜かれた猫のお面の目の隙間から、遠藤と視線が重なる。

「じゃあ、私も買う」

俺たちのやりとりを見ていた沖島が、狐のお面を購入して顔につけた。

「だって私たちの顔見えてたら、あとひとりが遠藤さんだってバレるじゃん」

沖島の言う通りだ。文化祭関係でこの五人で行動することが多いため、俺たち四人の姿が見えていたら、あとひとりは必然的に遠藤だと気づかれてしまう。

「っ私も！」

「それなら僕もつける」

古松は魔法少女のお面を、そして佐々倉は何故か覆面レスラーのようなお面を選ぶ。俺も自分のも買うことに決めて、緑のレンジャーのお面を選ぶ。

「みんなお面って変な感じだね」

遠藤の言葉に、互いのお面を見た俺たちは声を上げて笑いあう。すると、谷口たちが前方から歩いて近づいてくる。

すれ違う瞬間、一瞬だけ奇妙なものでも見るように俺たちに視線を向けてきたけれど、誰かは気づかれなかったみたいだ。

無事に乗り切った俺らはお面をつけたまま、再び露店を散策する。

不意に服の袖を引っ張られて振り向くと、俺の半歩後ろを歩いている遠藤が小さな声で告げてくる。

「これ……ありがとう」

自分のしたことが少しだけ照れくさくて、ただ首を横に振った。お面で顔が見えなくてよかったかもしれない。

ふたりの間の沈黙を破るように、遠くでなにかが光る。

「あ、見て！」

遠藤が指差した先には、濃紺の空に上がった煌《きら》びやかな花火。じりじりと焼けるような音を立てては、溶けるように散っていく。そして再び、鮮やかな色が夜空を覆う。

もうじき、夏が終わる。そしたら本番は目前だ。

先日、遠藤と交わした言葉を思い出す。今のクラスでいられるのは、あと半年くらいだ。二年に上がれば、クラス替えがある。俺たち五人が、また一緒のクラスというのはありえないだろう。

夢中になって花火を見ている様子の遠藤を見つめながら、同じ夏はもうこないのだろうなと感じた。

◇八王子南高等学校文化祭

夏休みが終わり、あっという間に九月がやってきた。

文化祭を翌日に控えた私たちは、放課後まで準備をしていた。内装も外観も完成し、拍手が起こる。実際に出来上がったものを見ると感慨深いものがあった。

みんなで記念撮影をして、前日のこの一体感を味わいながら楽しむ。

明日はいよいよ本番で、私たちが積み重ねてきたものを披露する日だ。

「やっぱり黒ってかっこいいね！」

「うちらのとこ、結構目立つ！」

そんな声が聞こえると、沖島さんは嬉しそうにしていた。

他の店舗の看板は焼き物だと基本的に赤やオレンジ色といった明るい色が多く、クレープなどの甘い食べ物はピンクなどを使ったパステル系の店舗が多い。

私たちの店舗の看板は、黒を基調にして朱を差し色にした和モダンな雰囲気だ。

デザインは沖島さんだけれど、着色などは同じグループの人たちが毎日コツコツと作ってくれていた。まさにみんなの努力の結晶だった。

そして、内装は古松さんや同じグループの人たちが、丁寧に作り上げてくれた。モダンな黒の提灯には、内装の人たちにより金色の装飾が描かれている。他にも、受け渡し口の近くに置く黒の竹の箸立ても、店舗に合うようなものを探し回ってくれたそうだ。

食材の管理も佐々倉くんたちが徹底し、当日も作業がしやすいように十食ごとに小分けにしたり、工夫をしてくれている。

これはみんなのアイディアや想いがあったからこそできたもので、誰かひとりでも欠けていたら今の形にはならなかったはずだ。

当日のシフトも私や石垣くんたちで相談し合いながら、みんなの意見を取り入れて決めた。あとは本番でどう臨機応変に動けるかだ。

あまり遅くなると明日に差し支えるので、準備が整ったグループから帰宅していく。みんなが帰るのを確認してから、私と石垣くんは学校を出た。

同じ方向のため一緒にバスに乗って、ふたりで後ろの席に並んで座る。

「小さい頃からさ、女の子が赤。男の子が青って、言われること多いよな」

石垣くんがバスの中に貼ってある小学生のイラストポスターを眺めながら、おもむろに話し出す。

「性別でいつのまにか色分けされてて、俺はそれが少し不思議だった。別に男だからって青が好きなわけじゃないのにってさ」

「そういえば、私の家も弟は青で私は赤だったなぁ」

小学校の頃に買ってもらった筆箱の色は、本当は青がよかった。それなのに『女の子なんだから赤にしなさい』と言われてお母さんが決めてしまった。それ以外にも、オモチャが二色あったら青はいつも幸弥で、私は赤やピンクを選ばされていた。

「完全に心が赤でも青でもなくて、違う色の部分があったっていいよなって今なら思える」

「私も。たとえ周りとは違っていても、自分の中にある色を大事にしていきたい」

私たちは男でも女でもない性別にとらわれたくない色を心の中にもっている。それはこの先も消えない色で、赤とも青とも混じることはきっとない。

「俺たちの場合、どう足掻《あが》いても恋愛対象に関する悩みは、今後も付き纏うんだろうな」

私は男になりたいわけでも、石垣くんも女になりたいわけでもない。ただ恋愛対象に同性も含まれているというだけなのだ。〝一般的〟というものからズレてしまっている私は、心のどこかでずっと性別という世間の区切りに違和感を抱えていた。

異性にも同性にも恋をしたことがあるからといって、誰でもいいわけではなく、性別なんて関係なく魅力的な人を好きになるだけだ。

「異性も同性も好きになるってことを、いろいろ言ってくる人はどうしてもいると思う」

「……そうだよな。そこはどうしようもないんだろうな」

「でも隠すのは逃げじゃないよ。心ない言葉から自分を守ることも必要だと思う」

だから私はこれからも周りには言うつもりはない。隠していたことをみんなに打ち明けて、ありのままで生きていくことがすべてではないはずだ。

「俺もそう思うよ。だから、今は遠藤以外に話すつもりもないし、特に周りに打ち明ける必要もないと思ってる」

私の降りるバス停名がアナウンスされたので、降車ボタンを押した。

名残惜しいけれど、もうそろそろ降りなくてはいけない。石垣くんと話をしていると時間があっという間に感じる。

バス停に到着し、席を立つ。振り返って軽く手を振ると、石垣くんが「明日、頑張ろうな」と笑った。私はいよいよ明日なのだと少しだけ緊張をしながら頷いて、バスを降りる。

外に出ると夏の名残を感じる少し蒸した空気が、アスファルトから立ち上っていた。夜空に淡く瞬《またた》いている星を眺めながら、明日の文化祭に思いを馳せる。

明日はどんな一日になるのだろう。期待に胸を躍らせて、感情の熱が高まっていく。まだ終わってほしくない。けれど、早く明日になってほしくてたまらなかった。

家に着き、玄関のドアを開けた直後だった。

「うっせぇな！」

幸弥の怒声が聞こえてきて、また喧嘩をしているのかとため息を漏らす。

きちんと話せばいいのに、幸弥は話をせずに当たってばかりで、お母さんは理想を押し付けてばかりだ。それにお父さんはお母さんの意見に同調するだけで、解決しようとしてくれない。

せっかくの晴れやかな気分が陰鬱《いんうつ》とした影に覆われて、リビングへ行くのを躊躇う。あまり喧嘩の仲裁に入る気分ではない。けれど、このままこっそりと部屋へ避難すればあとで面倒なことになりそうだ。意を決してリビングへ行くと、振り向いたお母さんの鋭い視線が飛んでくる。

「彩！　お姉ちゃんなんだから、幸弥を説得してよ！　この子、まだサッカーをやめたいなんて言ってるのよ」

おかえりすらなく、お母さんは一方的に幸弥の話をしてくる。

いつもそうだ。お姉ちゃんなんだからとお母さんは言う。けれど、私は一生こうしていなければいけないのだろうか。幸弥だって自分で決めたいことがあるはずで、親が望むように生きていくのは難しい。

「お母さんはなんでそんなに幸弥にサッカーをやらせたいの？」

「才能があるからに決まっているでしょう！」

幸弥はうんざりとした表情でそっぽを向いてしまった。おそらく何度も同じようなことを言われているのだろう。

「幸弥に過保護になりすぎだよ。もう少し幸弥の意見も聞いてあげて」

「お母さんは心配しているのよ！　何が悪いの！」

「だから、それなら幸弥の話も」

「ああ、もうわかったわ。彩にはお母さんの気持ちなんてわからないわね」

どうにかしろと言ってきたり、私にはわからないと言ってきたり、自分勝手なことばかり言ってくるお母さんに私もうんざりとしてしまう。

「今は反抗期なだけだって。ほら、彩も帰ってきたし、ご飯にしよう」

お父さんはいつもそうだ。話し合うということをせず、当たり障りないことしか言わない。それに幸弥も自分のことしか考えていない。お母さんの気持ちなんてどうだっていいと思っている。

それなら私だって、もう疲れた。

理想のお姉ちゃんでいる必要なんてどこにあるのだろう。みんな自分勝手なのに。私はいつまで幸弥のお姉ちゃんで、都合よく扱われないといけないのだろう。

「だいたい今日だってどうして帰りが遅いのよ。お姉ちゃんがそうだから、幸弥も真似していくんじゃない」

「私、言ったよね」

「え？」

「文化祭の準備で、今日遅くなるってちゃんと伝えた。私の話を聞いてないのはお母さんでしょう！」

普段声を荒らげない私が大きな声を出したことに、家族は驚いたようだった。けれど、私の怒りは収まらない。

「ふっざけんな！」

抱えていたカバンを思いっきり、床に叩きつけた。カバンの中身のポーチや教科書、ペンなどが床に散らばったけれど、そんなことは今はどうだってよかった。今まで心に溜まった感情を一気に吐き出していく。

「お姉ちゃんなんだから？　私にはわからない？　いっつも矛盾したことばっかり言って、自分の意見押し付けないでよ！　幸弥もきちんと理由をお母さんたちに話しなよ！　文句ばっかり言ってわがままにしてきたのに、どうして大事なことは言わないのよ！　お父さんだって、お母さんに流されてばっかりで、なんでちゃんと話し合おうとしないの！」

お母さんもお父さんも幸弥も、みんなが私を見つめている。

〝いいお姉ちゃん〟なんてもうどうだっていい。好かれたくて頑張ってきたけれど、それだけがすべてじゃない。時にははっきりと言わないと、伝わらないことだってある。

「お母さんが私のことつまらないって話をしていたの知ってるよ。それがずっと悲しかった」

「あ、彩……」

「私、ずっと我慢してきた！　もううんざりなの！」

吐き捨てるように言ってリビングを飛び出し、大きな足音を立てながら階段を駆け上がる。部屋に逃げ込み、ドアの前に木製の椅子やテーブルなど目に付く物をとにかく乱雑に積み上げていく。今は誰にも踏み込んできてほしくない。

左側にある焦げ茶色のチェストも引きずろうか手をかけたところで、上に飾っていた写真立てが倒れた。手に取って直すと、そこには中学二年生の頃に家族で軽井沢《かるいざわ》に行ったときに撮った写真が入っていた。そこに写る私たちは楽しそうに笑っている。

部屋の背景の一部になっていたため、飾っていたことをすっかり忘れていた。嫌なことばかり思い出していたけれど、家族が嫌いなわけではない。それでも比べられたり、幸弥の姉としか扱われないことが苦しかった。

ベッドの上に座り、大きくてふかふかしたクマのぬいぐるみを抱きしめる。自分のしたことを冷静に思い返すと、血の気が引いていく。

「……っ、どうしよう」

言ってしまった。ずっと溜め込んでいた想いを初めて家族にぶちまけてしまった。心臓が裂けてしまいそうなほど、今も大きく鼓動を繰り返している。

どんな風に思われたのかと考えると怖い。だけど、言わずにはいられなかった。しばらく部屋にこもっていたい。今は家族とは顔をあわせたくない。

少しでも気を紛らわせたくて、スカートのポケットから携帯電話を取り出すと、石垣くんからメッセージが届いていた。

『明日寝坊しないようにな』

たった一言。けれど、それがすごく嬉しかった。

石垣くんの名前に触れて、電話マークをタップする。彼と話がしたかった。話して心を落ち着かせたい。今の私を彼はどう思うのだろう。

『……もしもし？　どうしたの遠藤。なんかあった？』

こんな状況だからだろうか。石垣くんの声を聞くと安心する。昂《たかぶ》っていた感情が少しずつ穏やかになっていく気がした。

「あのね、文化祭のことじゃないんだけど。その……」

電話をしたのは私だというのに、話が頭の中でまとまらずに言葉に詰まってしまう。

どう伝えたらいいのか迷っていると、電話の向こうから『ゆっくりでいいよ』と言ってくれて、私は言葉を整理するように深呼吸をした。

「家の人たちに今まで我慢していたこと、全部言っちゃった」

いつもお姉ちゃんだからと言われて我慢をしながら仲裁に立っていたことや、家族に対して抱いていた不満を石垣くんに打ち明ける。

『頑張ったな』

こんなことを話しても困らせるだけだと思っていたので、石垣くんから出た一言に目を丸くした。

『自分の気持ち伝えるのって、勇気がいることだろ』

「……うん」

私は今まで勇気が出なくて、家族に本当の気持ちを言えなかった。それでも今日ようやく溜め込んでいた想いを口にすることができた。

耐えているのは苦しくて、些細な言葉が悲しかった。そして、ずっと寂しかったのだ。

「私も……自分のことばかりだったかも」

お母さんに伝える努力をしない幸弥や、話し合おうとしないお父さんに苛立っていた。けれど、私自身も抱えている不満に気づいてほしかったのに、どう思われるのだろうと想像して怖気付《おじけづ》いて、みんなにいい顔をして逃げていたのだ。

部屋のドアを何度も叩く音が聞こえてくる。ドアの向こう側にお母さんとお父さん、幸弥がいるみたいで私の名前を呼んでいた。

「彩！　ごめんなさい！　お願い出てきて」

「ごめん、彩。お姉ちゃんだからってお父さんたちも押し付けすぎていた」

「ねーちゃん、俺もごめん」

　聞こえてくる家族の声は謝罪ばかりだったけれど、本当に反省をしているのか微妙なところだと思う。私が怒ったことに驚いて、今だけ謝っているのかもしれない。

『声が聞こえるけど、家族？』

「うん。……ドアの向こう側で私に謝ってる。今部屋に閉じこもってるから」

『カバン投げつけたり、部屋に閉じこもったり、案外遠藤って過激だな』

　私も自分にこんな一面があるとは思わなかった。今まで人に対してここまでの怒りをぶつけたことはない。それに物を投げつけるようなこともしたことがなかった。

『で、遠藤はどうしたいの』

「……家族と話したくない」

『きっとすぐには家族も変わらないだろうな』

　こんなすぐに変わるのなら、私は今まで我慢なんてしてこなかっただろう。きっと今だけだ。形だけの謝罪をされても、私の怒りは収まらない。

『でも遠藤の方が拒絶しているだけだと、遠藤の望んでいるようにはならないと思う』

「私の望み……？」

『遠藤は家族が好きなんだろ。で、自分のことを見てくれなくて、腹を立てた』

まるで幼い子どもみたいだ。でも図星だった。私は家族に不満を抱いていても家族が好きで、自分のことを見てほしい。好きでいてもらいたいのだ。だけど、みんな自分のことばかりで、私のことなんて全く見てくれていなかった。

そのことに私は一方的に腹を立てたのだ。本当は私だってわがままを言って、自分の気持ちをもっと前から伝えていたってよかったはずだ。それなのに嫌われるのが怖くて、自分をよく見せていた。全部自分のためだ。

『俺は我慢して笑っている遠藤より、不器用でも言いたいこと伝えてくれる遠藤の方が好きだよ』

石垣くんがくれる言葉は、ほんの少し擽ったくて、波立っていた私の心に優しく浸透していく。やっぱり彼に電話をしてよかった。

私は決心がついて、ベッドから立ち上がる。

「ありがとう、石垣くん。家族と話してみるね」

『頑張れ』

たった一言なのに不思議だけれど、彼の言葉が私の背中を押してくれる。

電話を切り、椅子やテーブルなどのバリケードをひとつずつ退《ど》かして、手に汗を握りながら部屋のドアの鍵を開ける。

廊下にはお母さんとお父さん、幸弥が立っていた。

「彩……っ、ごめんなさい。彩をそんなに追い詰めているなんて気づかなくて……」

私のことで泣いているお母さんを見るのは初めてだった。目元と鼻を真っ赤に染めながら、ぽろぽろと大粒の涙がお母さんの頬を流れ落ちていく。

「ねーちゃん、俺もごめんなさい。……いつも間に立たされてるねーちゃんの気持ち全然わかってなかった」

幸弥も今にも泣き出しそうなほど目が潤んでいて、声を震わせていた。幸弥の隣に立っているお父さんは目が合うと、「我慢させてごめんな。彩」と言って、私の頭をそっと撫でた。

その夜、私たちは少し遅めの夕ご飯を家族四人で食べた。どこか会話がぎこちないけれど、それでもいつもよりも言葉を交わした気がする。

たぶんお母さんにとって幸弥が一番大事なのは変わらないのだろうし、幸弥のお母さんへの態度もすぐには変わらないはずだ。お父さんだって、謝ってくれてもこれから急に意見をどんどん言うようになんてならないと思う。

それに、いいお姉ちゃんとしてこの家にいた私も、急には変われない。だけどこれからは衝突を恐れずに、少しずつでもいいから自分の意見を言えるようにしていきたい。

＊＊＊

文化祭当日、学校の空気は浮き足立っている。それぞれのクラスTシャツを着た生徒たちが早朝からトイレ前や水道付近で髪型をセットしたり、教室では女子たちが気合を入れて化粧を施している。

「彩〜！　写真撮ろっ！」

爽南や史織たちに呼ばれて私たちのクラスの屋台の前に行くと、数人の生徒たちが集まっていた。そこには乃木くんもいて、爽南たちとも今では仲良くなっている。

「みんなー、一旦集まってー！」

準備をしている人たちにも声をかけて、屋台の前にクラス全員が集結する。すると気怠げな高井戸先生が首に下げた一眼レフを手に取った。

「おい、もっと寄れ。見切れる。あー……じゃあ、撮るぞ」

カメラに向かってそれぞれがポーズを撮ると、何度かシャッターを切る音がする。

高井戸先生は撮ったばかりの写真のデータを確認すると、満足そうに頷いて指先で丸を作る。どうやらいい写真が撮れたらしい。

一気にみんなのテンションが上がり、持ち場へ向かおうとしたときだった。

「六月から今まで、大変だっただろ」

私は立ち止まり、珍しく真剣な表情の高井戸先生から目が逸らせなくなる。

「全員、よく頑張ったな。今日は大変だろうけど、全力で楽しめ。ってことで、あとはリーダー、士気を上げるのよろしく」

「えぇ！　なんで急に私に振るのー！」

にやりとする高井戸先生を睨み、おそるおそる周囲を見回すと、いつのまにかクラスの人たちが私の方を向いていた。これは逃れるのは難しそうだ。

「……一番売れる屋台にしたいと思うので、一緒に頑張ろ！」

必死に考えて出てきた言葉がこれだった。もう少しリーダーらしくみんなを引っ張れるようなかっこいいことを言いたかった。

「俺も、一番売れる屋台にしたい」

石垣くんが声を上げると、それに続いて同意してくれる言葉が周囲から聞こえてくる。目指すのは歴代の味を受け継ぐ、一番人気の屋台だ。

まだ少し時間があるため、それぞれが持ち場で最後の打ち合わせをする。私と石垣くんは少し離れた位置で、自分たちのクラスの屋台の外観内装を含めて確認をしていた。

黒を基調とした和モダンな屋台の上には、よく晴れて澄んだ九月の青空。朝の八時だと少しだけ空気が冷えているけれど、不思議と今日はTシャツを着ていても肌寒さを感じない。気持ちが昂っているからかもしれない。

屋台の右隣に設置した小さなイートインスペースには、黒い長椅子と朱色の番傘が置かれていて風情がある。

　校門から校舎へ向かう道の左右にずらりと並んだ屋台を見ると、圧巻の光景だった。お祭りで見る屋台に見劣りしないくらいの外観で、屋台ごとにこだわりが見える。一文字ずつくり抜いて浮かび上がっているように立体に見せているお好み焼き屋や、クレープ屋は食品サンプルがショーケースの中に並べられている。三年の先輩たちが作ったやきそばは、目玉焼きと福神漬けがのった横手《よこて》やきそばで、可愛らしいキャラクターの顔出しパネルが屋台の横に並んでいる。これを生徒たちだけで作り上げたのだ。

「……すごいね」

「さっき中も見てきたけど、そっちも凄かった」

　そういえば、三年生の占いの館やファッションショー、お化け屋敷などのクオリティーが高いと話題らしい。

「少し見てみない？」

「えっ、でも」

「俺も遠藤も常に全体を見て指示を出さないといけないから、ゆっくり見て回る時間ないじゃん」

　石垣くんと私には他の人たちと違って、自由時間というものがない。ふたりで、屋台と調理室でキャベツや肉カスの追加を準備してくれている人たちの様子を逐一把握して、指示を出していくのが仕事なのだ。

「だからさ、少しだけどんな雰囲気なのか見てみようよ。もしかしたら来年やるかもしれないし」

来年のための参考に。そういう理由をつけて、私は頷いた。文化祭開始は九時で、今は八時半。まだ時間があるため、石垣くんとふたりで校舎内のお店を見て回ることにした。

事前に生徒たちに配られていた文化祭の三つ折りパンフレットを見ながら、石垣くんとどういう順で回るかを決めていく。

「やっぱすごいって言われている占いの館とお化け屋敷は見ておきたいよな」

「じゃあ、一階の右から順に見て、そのまま階段で上にいこー！」

校舎に入ると、視界に青いTシャツを着た央介をとらえて立ち止まる。文化祭なんて馬鹿みたいだと言っていた央介が、発泡スチロールの長方形の器がたくさん入った大きなビニール袋を抱えている。その隣には細身で少し気の弱そうな男子がいて、ふたりで楽しげに笑って話をしている。

正直、信じられないと思った。あの央介があんなに楽しそうに、しかもタイプが全く違う男子と話しているなんて心底驚いた。私の知らないところで、央介の心境に変化が起こるような出来事があったのかもしれない。

「……大丈夫？」

私の視線の先に気づいた様子の石垣くんに、慌てて大丈夫と返す。央介の変化に戸惑っただけで、鉢合わせるのが嫌で立ち止まったわけではない。

「私たちも頑張らないとね」

央介のクラスは牛串を販売するらしく、試食会に出た先生たちからの味の評判もかなりいいそうだ。

一階から順に見て回ると、まだ準備をしているところもあったけれど、ほとんどの外観は完成していた。噂の占いの館の中を覗くと、怪しい雰囲気というよりも幻想的な空間になっていた。

窓には、黒の紙で細かい切り絵が施されていて、隙間にはカラフルなセロハンが貼られている。まるでステンドグラスのようになっているため、窓から差し込む光によって床には透き通った色が落ちている。

電池式らしいキャンドルが部屋の至るところに飾られ、真っ黒な布が敷かれた大きなテーブルには、チューリップやカーネーションなどの柄が細かく描かれているターコイズの布と、その上に大きな水晶玉が置かれていた。

「確かにこれはすごいな」

感心したように声を漏らす石垣くんの隣で私は大きく頷く。この占いの館は生徒たちが本当に占いを勉強したらしく、タロットや占星術などもしてくれるそうだ。そして、カフェスペースが教室の後ろの方に設置されていて、そこでは星座にちなんだドリンクやお菓子が提供されるらしい。

他にも話題になっている二階にある三年生のお化け屋敷の前に着くと、まだ中は準備中で見ることはできなかった。

けれど、特殊メイクをした生徒たちが受付のところで談笑していて、その人たちの姿を目にして息を呑む。

顔色の悪い女子の頬には赤黒い大きな傷があり、口からは血が垂れている。その隣にいる男子は、顔にファスナーのようなものがあり、開かれた部分が赤く変色している。

私たちの視線に気づくと、男子の方の先輩が片手を振った。

手のひらには目があり、まるで本物のようで小さな悲鳴を上げてしまう。そんな私の様子を見た先輩たちに笑われてしまった。

「ちょっと、驚かせないの」

「ごめんごめん！」

窘《たしな》める女子と謝る男子の先輩に軽く頭を下げて、石垣くんとお化け屋敷を後にすると、少し間を置いてからふたりで顔を見合わせて噴き出す。

「あれは怖い」

「私、来年お化け屋敷やることになったらどうしよう……」

怖いのが苦手なため、できる気がしない。けれど準備する側に回れば、案外楽しかったりするのだろうか。

「今のクラスでは一度しかできないってのは寂しいけど、来年や再来年が楽しみだな」

「そうだね。次はなにをやるんだろう」

また食べ物をやりたい気持ちもあるけれど、占いの館など室内のお店も楽しそうだった。きっとそのときのクラスのメンバーによって、なにをやるのかは変わるだろう。この先のことを考えると心が躍った。

それから他にもお茶屋さんや、縁日のお店などを見て回ってから、私と石垣くんは自分たちの屋台へと戻る。

少しして文化祭が始まる放送が流れだした。

『これより、第四十二回、東京《とうきょう》都《と》立《りつ》八王子《はちおうじ》南《みなみ》高等学校の文化祭を開催します』

その放送に、屋台の生徒たちから興奮気味な声が上がる。いよいよ私たちの初めての文化祭が始まった。

まずは鉄板で焼く人をふたり。後ろでサポートをふたり。そして受け渡しをひとり配置して、屋台の中は五人で回すことになっている。ただ、鉄板を使うため屋台の中の温度が上がり、熱中症の危険があると資料に書いてあったので、二時間ごとに人員を回して休憩をとる予定だ。

私や石垣くんは、屋台の近くでプラカードを持って宣伝する役割になっている。というのも、私たちが屋台の中に入って作業をすると、全体を見て臨機応変に判断ができなくなるからだった。そのため毎年リーダーのポジションの人たちは、屋台の近くでサポートする役割がほとんどだそうだ。

プラカードを持ちながら歩いていると、生徒たちだけでなく私服の人たちの姿も多く見かけた。どうやら例年通り卒業生や保護者、地域の人たちも多く来ているみたいだ。

「え、遠藤さん！」

振り返ると、真っ青な顔をした古松さんが慌てた様子で駆け寄ってくる。古松さんの今の予定は屋台のサポート係のはずだ。

「どうしたの？」

「じ、実は……お客さんが全然来ないの」

「え!?」

まだ始まって十五分くらいとはいえ、毎年人気のやきそばのはずだ。午前中から行列ができるくらいだと聞いていたのに、そんな気配が全くないらしい。

「どのくらいきたの？」

「えっと……ひとり」

予想外の返答に啞然とした。見渡してみると、たこ焼き屋にはすでに人が五人ほど並んでいる。

急いで古松さんと一緒に屋台に戻ると、聞いていた通りお客さんがいなかった。それにみんなの士気も下がり始めていて、宣伝のための声もあんまり出ていない。

「これ、まずくないか？」

土浦くんの言葉に、屋台の中にいた生徒たちが焦りを含んだ表情で一斉に私を見た。

この空気はよくない。屋台の中の人たちが活気付いていないとお客さんだって買う気にならないはずだ。

「やきそばひとつもらえますか？」

「いらっしゃいませ！」

私に声をかけてきたのは、私服姿の大学生くらいの男の人だ。屋台の人たちに視線で合図をして、既に炒め終えている熱々のやきそばをパックに詰めてもらう。

「え、ここってあの富士宮やきそば？」

男の人は屋台の横に飾ってあった『歴代一位』というPOPを見ると、驚いたように目を丸くして聞いてきた。

「ずいぶん今までと雰囲気変わったから気づかなかったよ」

明るい雰囲気で富士宮やきそばのブランドイメージのようなものが定着していたので、今回から一新したかっこいい雰囲気の屋台は、別物のお店だと思われていたようだった。

「今まではさ、あの赤とオレンジの看板が人気のやきそば店だって目印だったんだよ」

「……そう、ですよね。先輩方の屋台は今までその色だったたって聞きました」

「でも今回みたいな黒もかっこよくていいよね」

きっと屋台のイメージとしては黒でいいはずだ。かっこよくて、目を引く。だけど、それだけじゃだめなのだ。

一番の課題は今来ているお客さんたちに、今までと同じ富士宮やきそばの店だと認識してもらい、行列を作ってもらうこと。行列さえできれば自然と人は注目してくれるはずだ。

「そうだ。宣伝のとき、ただやきそばって言うんじゃなくて、富士宮やきそばって言ったほうが、みんなわかると思うよ」

男の人の指摘の通り、宣伝のときに私たちは「やきそばいかがですか」と声を出していた。

「歩いていると、案外自分の背よりも上にある看板の文字ってちゃんと見ないんだよね」

「え……っ」

「全く見ていないわけではないんだけど、毎年屋台ごとにカラーが決まってるから、赤とオレンジでやきそばだと富士宮だろうなってなるんだ」

私は遠目から見ながら屋台の看板を見た。けれど屋台が連なる道を歩いていると、高い位置にある看板よりも、作っている物の方に先に視線が向いてしまう。

「あとはいかに美味しそうに見せるかだね。屋台のお客様争奪戦は、かなり大変だよ」

「あの……もしかして卒業生ですか？」

文化祭に関して詳しいので、関係者だったのではないかと思ったけれど、当たったみたいだ。男の人は微笑みながら頷くと、ここの学校の卒業生で富士宮やきそばの屋台をやっていたと教えてくれた。

「三年くらい前に卒業したんだけど、今でもスケジュールが合えば、同級生と文化祭にくるんだ」

卒業生たちは高校生の頃の懐かしさに浸りたい気持ちと、またあの味が食べたいという想いで文化祭に顔を見せる人が多いそうだ。

出来上がったやきそばを受け取ると、男の人はまたあとで友達と来るよと言って、人混みに消えていった。

先輩たちから受け継いだこの屋台を、私たちの代で人気を落とさせるわけにはいかない。まだ始まって一時間も経っていない。けれど、スタートダッシュは失敗してしまった。それならここから巻き返すしかない。

「煙大作戦しよう！」

屋台の中のクラスメイトたちに声をかけると、みんなにキョトンとした表情を返されてしまった。

「煙って？」

「先輩たちが残してくれた資料に万が一、お客さんが少なくなって困ったときは〝煙大作戦〟をしてって書いてあったの！　熱した鉄板に水をかけて、煙を出すだけ！」

「……そんなんで集まるの？」

　鉄板の前に立っている土浦くんに訝しげにされてしまったけれど、やるだけやってみようとみんなにお願いする。資料によると煙が立っていると、人が注目して足を止めてくれることが多かったらしい。

　今だってまばらにだけれど買ってくれる人はいる。でも人気とは言い難い。それなら煙で目を引いて、大きな声であの人気のやきそばだと伝えてみよう。それでダメだったら、別の方法を考えるしかない。

　だんだんとわかってきた。お客さんたちは、入り口で配られたパンフレットをあまり見ていない。パンフレットの中にあるマップには、一応毎年人気のやきそばと書いてあるけれど、それよりも屋台を見て今まで判断していたみたいだった。だからいくら紙に書いても、あまり効果がなかったのだ。

　外観のカラーが大事なのだと痛感する。佐々倉くんの言っていた通り、歴史を築いてきたイメージというものは大事だったのだ。でも沖島さんや外観グループの人たちが作ったこの屋台で、私たちのカラーで売れるんだって証明したい。

「遠藤さんっ！」

珍しく息を乱しながら走ってきたのは、沖島さんだった。いつも凛としている彼女が不安げな表情をして、私の前で言い辛そうに口籠る。

「あの、売れてないって聞いて……高井戸先生に多分屋台のイメージが私たちの代で変わったからって……」

どうやら先ほど私が卒業生から聞いたことを、沖島さんは高井戸先生から言われたようだった。でも沖島さんのせいではない。みんなに意見を聞いて、私が最終決定したことだ。

すると、突然沖島さんの背後になにかが振り上げられて、プラスチック製のなにかが小気味いい音を立てた。

「痛っ！」

沖島さんが顔を引きつらせて振り返ると、赤いメガフォンを持った佐々倉くんが仏頂面で立っている。

「佐々倉！　いきなりなに！」

「これ、高井戸先生から借りてきた。ただ声を張り上げても周囲の音にかき消されるし、メガフォン使った方がいい」

私は佐々倉くんから赤いメガフォンを受け取って、両手で握りしめる。これなら声も通りそうだ。

「沖島さんは、ふてぶてしいくらい強気でいなよ。戦略を立てるのは僕の仕事で、決めるのは遠藤さんと石垣の仕事」

「だけど」

今にも泣き出してしまうのではないかと思うくらい弱々しい沖島さんに、佐々倉くんが笑いかける。

「いいから僕らに任せて」

彼が言うだけで頼もしく感じるのは、きっと今まで何度も私たちを裏で支えてきてくれたからだ。涙目になりながら沖島さんが頷くと、私は彼女の肩を軽く叩いた。

「私たちのカラーで売れるってことを証明しよう」

土浦くんに合図を出して、熱した鉄板の隅に水をまいてもらうと、じゅわっと音を立てて煙が立ち上る。

道ゆく人が立ち止まり、すごいと漏らした直後に、私はプラカードを高く上げた。息を思いっきり吸い込み、構えた赤いメガフォンに向かってお腹から声を出す。

「富士宮やきそばいかがですかー！　毎年大人気のやきそばですー！」

恥ずかしいとか緊張するとか、言っていられない。そんなものは投げ捨てて、今は売ることに集中する。

何度も声を張り上げて宣伝を繰り返していると、ひとり、ふたりと足を止めて並んでくれる。いつのまにか五人くらい並んでくれて、それを見た人たちがまた足を止めてくれた。

「これってあの富士宮？」

「ほら、あの看板に歴代一位って書いてある」

私のプラカードや屋台横のＰＯＰを見てくれた人たちが、毎年人気のやきそばだと気づいて並んでくれた。

学校内に人が増えていき周囲が騒がしくなっていく。けれど負けないくらいの声を張って宣伝をする。

ひとりでも多くの人たちに食べてもらいたい。美味しいって思ってもらいたい。

「っ遠藤さん、キャベツが少なくなってきた！」

屋台にいる古松さんから告げられて、残りの量を確認しにいく。キャベツの消費が思ったよりも早いようだった。まばらだったお客さんは行列を作っており、作る人たちも大忙しだ。手を止める暇もなく、作業を進めている。

「家庭科室にいるグループに伝えてくるね！」

私はプラカードを佐々倉くんに一旦預けて、すぐに携帯電話を取り出す。新鮮なものを提供するために、今もキャベツを家庭科室で切っている担当の人に連絡を入れて、追加のキャベツをお願いした。

「ちょっと来て、遠藤」

石垣くんに呼ばれて人の間を縫っていくと、三十代くらいの女性がいた。どうやら近所のリピーターの方らしく、味に関しての話があるみたいだった。

「なんかちょっと……濃いんだよね」

「えっと、ソースですか？」

レシピ通りの分量で何度も味見をしたはずだけれど、去年とは味が違うそうだ。リピーターのお客様の満足度が低くなると、来年に響いてしまうかもしれない。

「うーん、ソースはいいと思うんだけど。なんだろう」

「もしかして、削り粉ですかね」

石垣くんの言葉に女性が目を丸くして、それだ！　と声を上げた。

「削り粉の味がきついんだ。これ自体に味が付いてて少なくて十分なのよね」

よく見ると女性が持っているやきそばには、削り粉が多めにかかっている。

試食会のときに食べ比べてみたけれど削り粉が多いと風味が強くなるため、小さじ三分の一くらいをかけることになっていた。けれど見る限り、その倍はかかっているように思える。

「あの、少しだけお時間いいですか？」

「え？　大丈夫だけど……」

「新しいもの持ってきます！」

急いで屋台に行って、出来立てのやきそばをひとパック受け取る。削り粉の担当者に聞いてみると、急に忙しくなったため分量を間違えて小さじ一杯分をかけてしまっていたみたいだ。それを小さじ三分の一に減らしたものを再び女性に持って行く。

「すみません、ひとくち食べてみていただいてもいいですか？」

「ええ、いただきます」

削り粉を減らしたやきそばを食べた女性は、満足そうに頷いてくれた。

「これがちょうどいいわ。いつもと同じね」

「ありがとうございます！　みんなに報告してきます」

「ここの学生さんは毎年熱心でいいわね。今年も頑張ってね」

女性にお礼をして、急いで屋台にいる人たちに削り粉の量を伝える。リピーターの人から、いつもと同じ味だと言ってもらえたのでこれで味は大丈夫そうだ。

「味の件、よかったな」

「うん。石垣くんも教えてくれてありがとね！　助かった！」

どうやら石垣くんが自ら、リピーターの人に声をかけて味を聞いてくれたらしい。それであの女性は正直に味が濃いと教えてくれたそうだ。まだ午前中なので、今の段階で聞けてよかった。

「悪い、電話入った。ちょっと行ってくる」

石垣くんと別れて、行列のできているやきそばの屋台の整列を促す。どうしても列が乱れてしまうため、他の屋台の迷惑にならないようにこまめに列を見て、気をつけなければいけない。

屋台は大盛況で、スタートダッシュに失敗した分も巻き返せたみたいだと、佐々倉くんから連絡が来た。

売り上げが伸びてきているようなので、ほっと胸を撫でおろす。みんなで頑張ってきたことがこうして形になることは、こんなに嬉しいものなんだ。

「遠藤、ちょっと」

今度は高井戸先生に呼ばれて行くと、大きなツバのある黒い帽子を被り、くるぶし辺りまでの長さの真紅のワンピースを着た二十代くらいの女性が一緒にいた。

「前に話した、動画を撮ったほうがいいって言ってくれた卒業生の星野《ほしの》」

「こんにちは」

星野さんという女性は柔和な笑みを浮かべていて、どことなくミステリアスな雰囲気が漂っている。この人が先を見通すような頭のいい先輩らしい。

「こんにちは、星野先輩」

胸元まで伸びた真っ黒な髪と、色素の薄い大きな瞳が特徴的な綺麗な人だ。

「こんにちは。貴方が今年のリーダーだったのね」

「へ？」

「それにしても、ここは変わらないわね」

懐かしむように辺りを見渡す星野先輩の姿を見つめていると、記憶の中でなにかが引っかかった。この人のことを、どこかで見たことがある気がする。

「まあ、相変わらず文化祭に対する熱は健在だな」

「高井戸先生も変わりませんね」

「……どういう意味だよ」

「今でも動画を残すくらい、仕事熱心ってことですよ」

星野先輩はからかうような口調で言うと、小さく笑う。あの高井戸先生が押され気味なことが少し意外だ。

「高井戸先生、今いいですかー！」

高井戸先生は他の先生に呼ばれると、あとは適当に見て回れよと星野先輩に言って何処かへ消えてしまった。

少しの沈黙が流れて、富士宮の屋台に案内するべきか迷っていると、星野先輩の視線がゆっくりと私に向けられる。

やっぱり私はこの目を知っている気がした。それに星野先輩の声にも聞き覚えがある。

「あのときよりも表情が明るくなった気がするわ」

「え……？」

「運命の人の手はとったのかしら。それともこれから？　けどもう今の貴方なら大丈夫ね」

口元を覆った手には見覚えのある星の指輪と、金色の小さな星の模様が描かれた黒のネイル。それを見て、八王子のショッピングモールで出会った占い師を思い出した。色素の薄い大きな瞳と声がそっくりだ。

「え……あ！　あのときの！」

「時々あの場所で占いのバイトをしているの」

つまり星野先輩は私がここの学校の生徒で、これからどんなことが学校行事で待ち受けているか知っていたということだ。

「運命を変える出来事って、文化祭があるってわかっていたから言ったんですか？」

「さぁ……貴方はどちらだと思う？」

占いが本当か、それとも制服を見て予想がついただけなのか、どちらを信じるかは自由だと星野先輩は微笑む。

「よかったらまた来てね。遠藤彩さん」

ひらりと手を振って、星野先輩は人ごみの中に消えていく。目を凝らしても、彼女の姿はもう追えなかった。

まさかあの占い師が先輩だったなんて、驚くような偶然だ。

〝半年以内に貴方の運命を変える出来事が起こるわ。その時が来たら、その人の手を取りなさい〟

以前星野先輩に占ってもらった際に言われたことを、手のひらを見つめながら思い返して、ぎゅっと握り締めた。

私にとっての運命の人の手は――

＊＊＊

夕方に近づき、文化祭はラストスパートに突入した。文化祭自体の終了は夕方の四時。私たちの目標の完売まであともう少しだった。

お客さんも少しずつ減ってきてしまったけれど、家に持って帰って食べる予定の近所の人たちも多く、たくさん買って帰ってくれる人が多い。

それぞれの屋台で目標の食数が異なるとはいえ、周りの屋台はどんどん完売していく。喜んでいる他のクラスの生徒たちを横目に見つつ、私たちは焦り始めていた。

あと三食。たった三食だけれど売れない。

このくらいいいかと、諦めて屋台をたたむべきなのかと迷っていると、他のクラスの女子が買いに来てくれた。

「やきそば、ひとつください」

「ありがとうございます！」

一食分のやきそばをパックに詰めて、手渡すと嬉しそうに笑ってくれた。

「まだ残っててよかった！　食べてみたかったんだけど、お店のシフト入ってて買いに来られなかったんだ」

妥協して閉めなくてよかった。もしもさっき閉めると判断してしまっていたら、彼女のこの笑顔を見ることはできなかったはずだ。

残りは二食。お客さんも減っていて、立ち止まってくれる人もいなくなってしまった。帰り際になると、重た目の食べ物を求める人は減るみたいだ。

「ひとつ、くれよ」

「え……？」

プラカードを持って立っていた私の目の前に、青いTシャツを着た男子生徒が立っていた。

まさか彼が買いに来てくれるとは思っていなかったので、言葉を失う。

「もう完売？」

「……ううん、あるよ」

「じゃあ、ひとつ売って」

一食分をパックに詰めてくれた爽南が心配してくれたけれど、大丈夫と返す。悪意があるようには見えない。それに今更彼がなにかをしてくるようには思えなかった。

「ありがとう、央介」

完成したやきそばを彼に手渡す。央介は私の姿を見て、消えそうな声で一言漏らした。

「変わったな」

外見と中身のこと両方を言っているのだろう。央介がどんな思いで言っているのかはわからないけれど、私は今の自分を気に入っている。

「これが今の私だよ」

「俺が髪の毛明るくさせて巻かせてたんだよな。……悪かった」

「え……」

あの別れ以来の会話だったけれど、央介は少しだけ丸くなった気がする。

央介に好かれたくて、髪の毛を明るくして巻いていた私はもういない。次に央介と話をしたら、私はどんな気持ちになるのだろうと何度か考えたことがある。想像していたよりも怖くなくて、普通に向き合って立っていられる。

「似合ってる」

その一言と、お金だけ私に手渡すと、央介はやきそばを持って去っていく。

今はもう寂しくなんてない。胸も痛むこともなく、思い出としてあの日々を振り返ることができている。そうできるようになったのは、石垣くんやみんながいてくれたからだ。

残りは一食。これは難しいかと思ったけれど、最後のお客さんが屋台にやってきた。

「すっげー腹へってんだけど。俺の分、まだ残ってるか？」

ボサボサの髪にヨレたジャージ姿の、高井戸先生。文化祭の風景をカメラで記録に残しながら、常に問題が起きていないか学校の中を見回ったり、トラブルがあれば飛んでいったりで、かなり忙しかったみたいだ。そのためお昼を食べ損ねたので、買いに来てくれたそうだ。

「え……ってことは？」

「完売!?」

「やったー！」

高井戸先生に最後の一食を手渡して、無事に私たちは目標数を売り切った。

完売した喜びにクラスメイトたちが声を上げてはしゃいだ。泣いている人や笑っている人、抱き合っている人たちもいる。高井戸先生がカメラを構えて、その姿を見つめている。おそらく今この瞬間を動画に残しているのだろう。

「おつかれ」

終わったのだと、静かに嬉しさをかみしめていると、石垣くんに声をかけられた。すると、どんどんクラスの人たちが集まってくる。

「おつかれ、リーダー！」

「最後まで頑張ってくれて、よかった！　煙大作戦すごい効果だった！」

「遠藤さん、本当にありがとう！」

感謝したいのは私の方で、頑張ってくれたのはみんなだ。それなのにたくさんの笑顔とあたたかい言葉をもらえて、視界が涙で滲んでいく。

「彩、泣かないで！　乃木、ハンカチ！」

「俺が持ってるわけねーだろ！」

爽南と乃木くんのやりとりを見ていると、本当にこのクラスが変わったのだと実感する。あんなに険悪だったふたりが今では口喧嘩しながらも楽しそうに笑い合っている。

「わ、私……みんなにとっていいリーダーになれたかな」

助けてもらってばかりで、ひとりではできないことがたくさんあった。今ここに立っていられるのは、クラスの人たちのおかげだ。

「まあ、支えたくなるリーダーだったな」

佐々倉くんの言葉によってどっと笑いが起こる。沖島さんも確かにと言って笑いながら、泣いている私の頭を軽く撫でてくれた。

「遠藤さんがリーダーでよかったよ」

これ以上ないと思うくらい幸せな空間だった。大事な人達ができて、一緒に頑張ることができた。そして、その人たちに私でよかったと言ってもらえたのだ。

最後まで駆け抜けることができて、安堵に力が抜けていく。このクラスになれて、リーダーにしてもらえて、私の未来が変わった。

この日々を私は忘れない。きっと宝物のように何度も思いだす。

嬉しさと達成感と、終わったことへのほんのちょっとの寂しさが入り混じって、私たちの文化祭は幕を閉じた。

＊＊＊

日が暮れないうちに片付けを終えて、一旦教室へ戻ることにした。このあとは、在校生だけの後夜祭が校庭で始まる。

疲れ切った重たい足で階段を上っていると、後ろから声をかけられた。

「おつかれ」

振り返ると数段下に石垣くんがいて、私は自然と笑顔になる。

長かった準備期間の中で一番一緒に過ごしていたのは彼だった。今では隣を歩くこともあたり前のようになっている。

「これあげる」

手渡されたのは、透き通った淡い黄色の液体が入ったペットボトル。ラベルを確認すると『レモンスカッシュ』と書いてある。

「え、いいの？」

「飲み物販売してたクラスから余りを貰ったんだ」

「そっか。ありがとう」

ちょうど喉が渇いていたので、貰えるのは嬉しい。冷たいレモンスカッシュを頬に当てると、ひんやりとして気持ちよかった。九月とはいえ、まだ蒸し暑い。

「遠藤、ちょっと休憩しない？」

あとは後夜祭が始まるのを待つだけだったので、ふたりで中庭のベンチで休憩をすることにした。

以前は央介とお昼を食べていたベンチに座りながら、ゆっくりと流れる時間を味わうように私たちは短い会話を交わしていく。

「歴代一位、無事に継続だな」

「ね、本当によかったぁ」

夕焼け色に染まる空と、生温い風が寂しさを誘う。

そういえば石垣くんと初めてちゃんと話したのもこの場所だった。あの頃はまだ、文化祭に対しての熱はほとんどなかった。

それなのに気がついたら、毎日文化祭のことを考えて、作業して、話し合って、ひとつずつ形にしていっていた。けれど、もうこの日々も終わってしまう。

「後夜祭に土浦と乃木が出るらしい」

「えっ！　初めて知ったー！」

「しかもラップバトル」

土浦くんはともかく、乃木くんがラップを嗜《たしな》むように思えなくて噴き出してしまう。

「なにそれ、すっごい楽しそう！」

後夜祭は特設ステージが設置されてエントリーした生徒はなにをしてもいいため、漫才やアカペラを披露したり、ブレイクダンスなどをする人が多いそうだ。中には全校生徒の前で告白をする生徒もいるらしい。

「後夜祭は楽しみだけど、それが終わると今年の文化祭も終了なんだよな」

「……うん」

文化祭が終われば、石垣くんとこうして話すこともなくなってしまうかもしれない。そう考えると、胸の奥がざわついた。

「楽しかったな」

夕日が石垣くんの輪郭をなぞる。緩やかな風が吹くと彼の前髪が靡《なび》いて、隙間から澄んだ瞳がはっきりと見えた。

「私、」

言いかけて口を噤む。誤魔化すように「私も楽しかった」と返すと、石垣くんは嬉しそうに微笑んだ。

──私、もっと石垣くんと一緒にいたい。

言えなかった想いを流し込むように、キャップを捻ってレモンスカッシュを飲む。しゅわしゅわとして甘酸っぱい味が口の中いっぱいに広がった。

「遠藤とこうやって話せるようになれてよかった」

クラスメイトで、友達で、一緒にリーダーとして頑張ってきた相棒のような人。そして秘密を共有している存在。

だけど、私は自分の中に芽生え始めた別の想いに気づいてしまった。

「遠藤は努力家で勉強とかコツコツやる作業が好きで、人とうまくやっているように見えるけど、言いたいこと我慢してて、案外すぐ泣くし」

「え、ちょ……いきなりなに！」

「怒るとカバン投げるし」

「それは一度しかやったことないってば！」

突然私について話し出したので、おもしろがっているのかと顔を見ると、石垣くんは真剣な表情を私に向けている。

遠くで軽快な音楽と、マイクで後夜祭の始まりを告げる声が聞こえてきた。おそらくはほとんどの生徒が校庭に集合しているはずだ。

「聞いて、遠藤」

その声はあまりにも優しい。もう行かなくちゃと思うのに、私は石垣くんから目を逸らすことができなかった。

「関わるようになるまで、遠藤について知らないことばかりだった」

一体石垣くんはなにを伝えるつもりなのだろうと、想像がつかず言葉の続きを待つ。

「俺は遠藤が赤でも青でも惹かれていたと思う」

「え……」

「意味、伝わってる？」

以前私が公園で石垣くんに話した言葉を思い返す。

〝きっとその人だから惹かれたんだよ。男だとか女だとか関係なく〟

「私で、いいの……？」

「遠藤でいいんじゃなくて、俺には遠藤が必要なんだよ」

嬉しさと気恥ずかしさが胸の奥に優しく広がり、目に涙が浮かんでいく。ずっと誰かに必要とされたくて、それでもそれは誰でもいいわけではなかった。

私にとっても石垣くんは必要で、彼だから惹かれているのだ。

「あのね、石垣くん。私も――」

いつのまにか特別な存在になっていた彼に、私なりの想いを口にした。すると、石垣くんが照れたように顔を綻《ほころ》ばせる。

レモンスカッシュのペットボトルを握りしめると、しゅわっと炭酸が弾ける音がした。

◆番外編　青春ごっこ

央介ってわかりやすいよな。

周りからはそう言われていた。俺は感情が表に出やすくて、誰を好きなのか誰を嫌いなのかが、すぐにわかるらしい。けれど、彼女の遠藤彩は真逆だった。

一見わかりやすそうに見えるけれど、本心が全く見えない。最初は笑顔が印象的で考えていることがわかりやすいと思っていたのに、話していくとだんだん彩のことが掴めなくなっていった。

付き合い始めた頃、彩と約束していたのにうっかり忘れてすっぽかしてしまったことがあり、本気で焦って謝った。さすがに優しい彩も怒るか不満を言うだろうと覚悟したけど、彩は「気にしないでいいよ」と笑っていた。

思えばその時から、俺は彩のことがわからなくなっていった。

普段俺に見せている笑顔は本心なのだろうか。交わしている言葉の中に偽りが混じっているのではないか。不安になって試すようなことばかりしていた。

そして彩は、他の女の話をしても嫉妬する素振りもない。デートをドタキャンしても、彩を傷つけるような言葉を言っても一度も怒ることはなく、悩みなんてなさそうに、笑っている。

食堂近くの自動販売機へ向かうと、明るめの茶色の髪を緩く巻いた女子が視界に入った。「彩」と声をかけそうになり、咄嗟に口を噤む。彩の周りにいるのは、違和感を覚えるようなやつらだ。

首にヘッドフォンをかけていて、赤と青のインナーカラーが目立つショートボブの女と、重たそうな長い黒髪で膝が隠れるくらいのスカートを穿いている俯きがちな地味な女。長身でメガネをかけているガリ勉そうな男と、いかにも爽やかで教師からも女子からも好感度が高そうな男。

全員今まで彩が一緒にいたタイプとは違う。少し前の彩は、スカートが短くて髪色も化粧も派手なメンバーとしかつるんでいなかった。

それなのに文化祭のリーダーになったとか言って、あいつらともよく一緒にいるようになった。あの中で楽しそうに笑う彩を見ていると苛立つ。

人の発言を笑顔で聞いていることが多かった彩が、自分からなにかを言って笑っている。それだけじゃない。時折目を丸くして驚いたり、困ったように苦笑したり、俺の前ではあんな風に表情豊かに話しているところなんて見たことがない。

自動販売機へ行くのをやめて、教室へ戻ることにした。今は彩と話したくない。けれど戻ったら戻ったで、面倒なやつが来ていた。

「央介さぁ、彩に対して当たり強くない？」

彩と仲の良い市瀬爽南が、俺の席の前で仁王立ちをして睨みつけてきた。けれど背の低い爽南に睨まれたところで、威圧感が全くなくて怖くない。

「いきなりなんだよ」

派手なミルクティーベージュの髪色の爽南は、教室にいるだけで目立つし、声も高くてよく通る。周囲のやつらが俺たちをチラチラと横目で見てくるため、居心地が悪い。

「彩がいつもニコニコしてるからって、なに言っても平気とか思ってるんじゃないの」

「んなこと思ってねぇよ。……ただ」

なにを言っても、笑っていて動じない彩に苛立ってはいる。まるでそれは俺に興味がないように思えて、むしゃくしゃして気づいたらキツイ言葉を彩に向けてしまっている。

「ただ？」

「別に。つーか、彩ってまじでリーダーとかやってんの？」

「そうだよー。彩たちがまとめてくれてる」

彩たちというのは、先ほど見かけたあいつらも入っているのだろう。思い出したことによって、また腹が立ってきた。

「央介ってさ、彩のことになるとすっごく短気なんだね」

「は？」

「普段から口は悪いけど、私とか周りの友達にはあんな風に当たったりしないじゃん」

元々短気な方だと自分では思っている。けれど爽南の言う通り、彩のことになるといつも以上に苛立って感情の制御が利かなくなって当たってしまう。

「早く謝って仲直りした方がいいよー？」

ついこの間、放課後に彩を迎えに行って、話し合いがあるからと断られたときのことだろう。あのとき彩に酷いことを言った自覚はある。

さすがに怒っているかもしれないと思って、彩に謝るつもりだった。けれど会ったときに彩は、何事もなかったかのように笑っていた。

その姿を見て、ショックを受けた。俺が悪いのはわかっている。でも怒りすら向けられないのは、本気で彩は俺に関心がないんじゃないかと思ったからだ。

「ねー、央介。次の授業移動だよ」

真壁が俺の腕に巻きつきながら、上目遣いで話しかけてきた。真壁は一瞬だけ爽南のことを睨みつけてから、再び俺を見上げるとにっこりと笑ってくる。

「行こ？」

真壁と彩は一見タイプが似ているけれど、中身は全く違う。真壁の方がわかりやすくて、喜怒哀楽がはっきりとしている。

「ちょっと、央介。……はぁ、もう。どうなっても知らないからね！」

爽南は俺と真壁の距離が近いことに対しての指摘をしているのだろうけど、いつもくっついてくるのは真壁からだ。

「お前さ、彩がなに考えてんだかわかんねぇって思わないの？」

「え？　それならなに考えてるのか聞けばいいじゃん」

当然のように答えられて、言葉に詰まる。

聞けばいい。それはわかっている。でも俺が求めているのは、そういうことではなくて、例えば真壁のようにわかりやすく感情を表に出してほしい。

「話聞かなきゃなに考えてるのか、わかるわけないじゃん」

爽南の返答は、俺にとって予想外で戸惑って狼狽えてしまう。

「それでいじけて八つ当たりしてるの？」

爽南が俺を心底軽蔑したように睨みつけると、腕に巻きついていた真壁が「早く行こうよ」と不服そうに服を引っ張ってくる。

「悪い、もう行くわ」

「もー、ちゃんと話しなよー」

「はいはい」

――けれど、そんな爽南の忠告を俺は聞けず、結局感情のコントロールが利かないまま彩とは別れることになった。それは皮肉にも、彩が俺に対して初めて怒りを露わにしたときだった。

俺と別れたあとの彩を初めて遠目で見たとき、心底驚いた。髪が黒く、ストレートになっている。その姿は、入学式の日を思い出させる。

彩と初めて話したのは、高校の入学式の直後だった。一年生に配られていたクラス表の紙を俺は貰いそびれて、偶然近くにいた彩に見せてもらった。

『私はもう見たから、この紙あげるよー！』

『紙は返すから、名前教えて』

冗談でそう言ってみると『こんなナンパしてくる人いると思わなかった』と彩が笑った。その笑顔が可愛くて、思わず見惚れてしまった。一目惚れしたっていうのは本当で、付き合えた当初は本気で嬉しかった。

それなのに俺はいつからか彩に当たって傷つけて、反応を見るようになってしまった。きっと今までは俺の理想通りの髪型と色に変えてくれていただけで、本来の彩の姿はあっちだったのかもしれない。

教室を見渡せば、いつのまにか文化祭の準備に追われているクラスの連中たちばかりだった。まだ七月中旬で夏休み前なのに、早くないかと思っていたけれど、どのクラスも早くから準備を始めるらしく、俺たちのクラスは出遅れている方らしい。

文化祭なんてくだらない。そんなものに本気になってなにになるんだよ。

それに俺に話しかけにくいのか、勝手に決められた担当のグループはあるものの一度も誘いにこない。

どうだっていい。おそらくは最初から俺のことなんて頭数に入っていないんだろう。

馴れ合って青春ごっこでもしてろよ。そう心の中で悪態を吐いて冷めた目でクラスの連中も彩たちも見ていた。

「ねぇ、央介～。帰ろうよー」

真壁は相変わらず俺にくっついてくる。周りからは、真壁と付き合うんだろと言われたけれど、正直付き合う気にはなれない。

真壁は可愛いけど、どうしても彩と比べてしまう。喜怒哀楽がわかりやすいのが良いと思っていたはずなのに、今はむしろ我が儘で疲れる。こうなってから初めて、彩が俺に気を遣って合わせてくれていたことを痛感した。

「あー……俺、用事あるから先帰ってて」

不貞腐れる真壁に悪いなと謝って、時間を潰すために適当に廊下を歩く。

もうじき夏休みだからと浮かれているやつよりも、必死に文化祭の準備をしているやつらばかりで居心地が悪い。

職人のように頭にタオルを巻いて木の板に釘を打ち付けているやつや、幽霊の特殊メイクの練習をしているやつらもいる。たかが文化祭に、ここまで夢中になれるものなのかと疑問に思う。

けれど自分のクラスのことがなんとなく気になって、教室に戻ろうとしたときだった。

俺の背後でなにかが落ちたような硬い音がして振り返ると、缶に入った黄色のペンキが床にこぼれ落ちていた。どうやら青ざめて膝立ちになっている男子が転んで落としたらしい。

「っ、なにやってんだよ！」

呆然としている男子の腕を掴み、制服のズボンに黄色のペンキがつく前に強引に立ち上がらせた。これがついたら多分落ちなくなる。

「ご、ごめん！」

「は？」

「ペンキ……クラスのやつなのに」

そういえば見覚えのある顔だった。

ひょろっとした体形で、髪は天然パーマなのか膨張して毛先がくるくるとうねっているこの男子は同じクラスのはずだ。

名前はたしか〝森元《もりもと》〟。しかも俺と同じ担当のグループだった気がする。

「落としたもんは仕方ねぇだろ。いいから雑巾で拭けよ」

「あ、うん」

水道に干してあった雑巾を持ってきて、森元と一緒に床に広がった黄色のペンキを拭いていく。すると驚いたように目を丸く見開かれた。

「なんだよ」

「あ、いや……谷口くんが手伝ってくれると思わなくて」

「はぁ？」

「ご、ごめん！」

別にたいした意味なんてない。これを放置して帰るほうが気分悪いから、手伝ってやっているだけだ。

「お前さ、文化祭の準備楽しいの？」

「え……うん。楽しいよ」

「どんなとこが？」

ペンキを無言で拭くのがつまらないだけで、こんな会話本当はどうだっていい。知ったところで、なにも変わらない。

「たぶん文化祭がなかったら話さなかった人たちがいるから……そういう人と話せるのが楽しいかな」

「なんだそれ。意味不明」

さむい理由だなと白けながら話を聞いていると、何故か嬉しそうな表情を森元が俺に向けてくる。

「谷口くんとも、こうしてペンキをこぼさなかったら……きっと話すことなんてなかったと思うし」

「お前、俺と話してて楽しいわけ？」

戸惑う様子もなく、すぐに森元は頷いて見せた。本気でわけがわからない。楽しい会話なんて一切していない。

「谷口くんって怖そうだったけど、本当は優しいんだなって」

どうやらペンキを一緒に拭いていることを言っているらしい。こんなの気まぐれだ。俺は優しくなんてない。

「お前、人に騙されやすそうだな」

「え？」

「俺が優しいとか、どうかしてる」

「そんなことないよ」

俺に笑いかけてくる森元を見て、なんで彩に少しでも優しさを向けられなかったんだろうなと思い、急激に喪失感に駆られた。

別れた後にこんなことを思ったところで、なんの意味もない。

掃除を終えて、ほぼ空になってしまったペンキの缶を抱えた森元は、今更ペンキをダメにしてしまったことをクラスのやつにどう説明しようと慌てている。

「行くぞ」

「え、でもっ」

面倒くさいけれど、このままだと何時間もひとりでうだうだと頭を抱えていそうなため、仕方なく強引に引っ張っていく。

教室へ行くと、四つくらいのグループに分かれてクラスのやつらが作業していた。森元は窓際で作業している三人組に緊張した声音で話しかける。

「ご、ごめん、実けペンキが……」

「へ？　……えぇ！　うそ、なんで！」

中身がほとんどないペンキの缶を覗いて衝撃を受けたように声を上げた女子がいたため、一気に視線がこちらに集まった。

面倒くせぇなと言いそうになるのを抑えて、俺は森元からペンキの缶を奪い取った。

「俺がぶつかった」

同意を求めるように森元を見れば、目をまん丸くされた。いいから合わせろよと睨みつけると、森元は複雑そうな表情になる。

「だから、詫びとして手伝う」

俺の言葉にクラス中が騒つきはじめる。どうせ俺みたいなやつが手伝うなんて言い出すと思わなかったのだろう。俺だってさっきまでは、自分がこんなことを言い出すとは思いもしなかった。

これはただの気まぐれで森元を庇っただけだ。でも本当は俺もきっかけがほしかったのかもしれない。

文化祭なんかに本気になって、なんのためになる。そう思う気持ちはまだ消えない。だけど、多分俺は羨ましかった。

自分と同じ場所にいると思っていた彩がクラスの輪の中心に立ち、楽しそうに夢中になって作業をしている姿が眩しくて悔しかった。

「俺はまず、なにをしたらいい」

鉛のように重たかった一歩を踏み出すと、森元が目を輝かせて笑みを見せる。

その様子に眉を寄せながら、俺はわずかに口元を緩めた。

あとがき

『赤でもなく青でもなく　夕焼け檸檬の文化祭』をお手にとっていただき、ありがとうございます。

物語の舞台は東京都八王子市で、同じ秘密を抱えた彩と渉に焦点を当てました。

彼らはまだ高校　年生で、これからあと二回文化祭を経験していきます。

先輩たちの姿を動画で見て憧れた彼らは、次は憧れを抱かれる側、そして引っ張っていく存在になります。クラス替えもあるので、どんな組み合わせで今度はなにをするのか、読了後に彼らのこの先を想像して楽しんでもらえたら嬉しいです。

眩しい青春のひとときの装画を描いてくださったのは、まかろんKさんです。

文化祭準備中の賑やかな雰囲気の中、裏表紙のひとり佇む央介の後ろ姿が印象的です。素敵な装画をありがとうございます。

そして、まかろんKさんに六人のキャラクターデザインをしていただきました。彼らを見て、会話が思い浮かぶ！　と感動していたところ、担当さんが提案してくださり、沖島と佐々倉の短編を楽しく書かせていただきました。

もしかしたらこのふたりが一番甘酸っぱいかもしれません。（公式ＨＰで掲載していただいておりますので、覗いてもらえると嬉しいです）

作中でキーアイテムとなっている富士宮やきそばですが、私が高校生の頃に通っていたお店で出会いました。

その後、偶然にも専門学校の文化祭で富士宮やきそばを出店することになり、気づけば好物になっていました。改稿中は、自宅で作って食べながら味の表現や作るときの注意点などのメモをとっていたのですが、何度食べてもやっぱり美味しいです。

味が気になる方は、是非富士宮やきそばを注文してみてください！

この作品に関わってくださった皆様、たくさんの時間を使って一緒に作り上げてくださり、本当にありがとうございました。

そして、この作品と出会ってくださった方々が好きな色を纏って、自分らしく歩いていけますように。

透明な愛を込めて。

二〇二一年　九月　丸井とまと

ことのは文庫

赤《あか》でもなく青《あお》でもなく
夕焼《ゆうや》け檸檬《れもん》の文化祭《ぶんかさい》

2021年9月26日　初版発行

著者　丸井《まるい》　とまと

発行人　子安喜美子

編集　尾中麻由果

印刷所　株式会社廣済堂

発行　株式会社マイクロマガジン社
URL：https://micromagazine.co.jp/
〒104-0041
東京都中央区新富1-3-7 ヨドコウビル
TEL.03-3206-1641 FAX.03-3551-1208（販売部）
TEL.03-3551-9563 FAX.03-3297-0180（編集部）

本書は、小説投稿サイト「エブリスタ」(https://estar.jp/)に掲載されていた作品を、加筆・修正の上、書籍化したものです。
定価はカバーに印刷されています。

ISBN978-4-86716-186-9　C0193
乱丁、落丁本はお取り替えいたします。